愛知大学綜合郷土研究所ブックレット

19

古代東山道園原と古典文学

万葉人の神坂《みさか》と王朝人の帚木《ははきぎ》

和田明美

●目　次●

◉万葉人の園原

神坂峠遺跡　万葉歌碑　広拯院

神坂峠とその麓の園原は
古典文学に豊かな
実りをもたらし
文芸創造の揺籃《ゆりかご》となった。

伝教大師広拯院遺蹟（布施屋　本文一八頁）

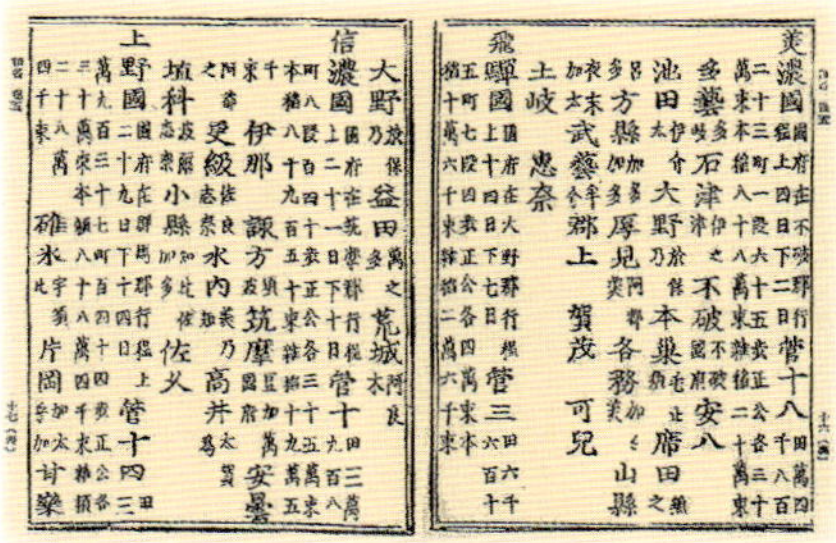

美濃國　管十八
多藝　石津　不破　安八
池田　大野　本巣　席田
方縣　厚見　各務　山縣
武藝　郡上　賀茂　可兒
土岐　恵奈
飛驒國　管三
大野　益田　荒城
信濃國　管十
伊那　諏方　筑摩　安曇
更級　水内　高井
埴科　小縣　佐久
上野國　管十四
碓氷　片岡　甘樂

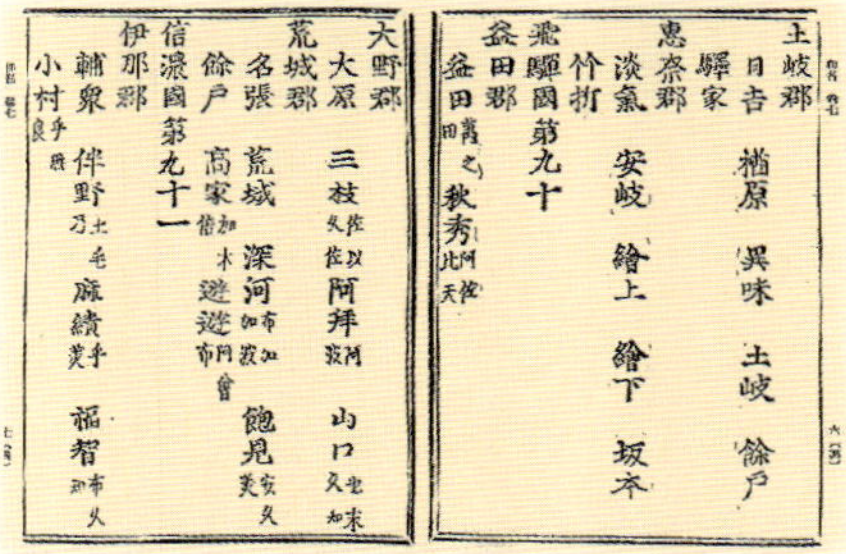

土岐郡
日吉　楢原　異味　土岐　餘戸
驛家
恵奈郡
淡氣　安岐　繪上　繪下　坂本
竹折
飛驒國第九十
益田郡
益田　秋秀
大野郡
大原　三枝　阿拜　山口
荒城郡
名張　荒城　深河　飽見
餘戸　高家　遊遊
信濃國第九十一
伊那郡
輔衆　伴野　麻績　福智
小村

倭名類聚鈔（十世紀承平年中に源順が撰進）の関連部分

神坂峠遺跡付近で千数百年前に祈りを
捧げた防人の姿を彷彿とさせる万葉歌

ちはやぶる神の御坂に幣奉り
　斎ふ命は母父がため

埴科郡神人部子忍男
（万葉集 20・4402　本文６頁）

神坂峠祭祀遺跡

◉古代・中世の園原

帚木伝説　源氏物語　新古今集　今昔物語

帚木の心を知らで園原の
道にあやなくまどひぬるかな　源氏
数ならぬ伏屋に生ふる名の憂さに
あるにもあらず消ゆる帚木　空蟬

笹原が続く神坂峠一帯

帚木贈答歌の歌碑（園原）
（源氏物語「帚木」　本文 48 頁）

半世紀前に倒壊し枯れた帚木の幹。脇からひこばえが育っている

台頭しつつあった当時の受領の逞しさとしたたかさを著す藤原陳忠碑
（今昔物語二八・三八話　本文六二頁）

序

「園原《そのはら》」は、都から近江・美濃・飛騨・信濃を経て上野《かみつけ》・下野《しもつけ》・陸奥《むつ》・出羽へと至る古代東山道の難所・神坂峠《みさか》（標高一五七六m）の麓に位置する山里である。名古屋方面から恵那山トンネル（全長八四八九m）を抜け、中央自動車道園原インターをおりると、まもなく「古代東山道　信濃坂」の碑と出会う。「東海道」が京と東国を結ぶ海の道であるのに対して、古代の「東山道」は全長約千㎞に及ぶ険しい山の道であった。今日の「園原」は、恵那山北東の神坂峠一帯の山水を集めて流れる瀬音高き園原川下流域に位置し、眼前に網掛山《あみかけ》、遠方に三千m級の南アルプスの連峰（聖岳・赤石岳・荒川岳など）を望む農山村集落である。阿智《あち》村駒場付近にあったとされるかつての「阿知駅《あちのうまや》」（信濃《しなの》国伊那《いな》郡）は、「東山道」八六駅中の一つであり、四〇㎞隔てて隣接する美濃国「坂本駅」とのあいだには、険しい恵那山二一九一m、富士見台一七三九m、神坂山一六八四mなどの連峰が立ちはだかっていた。そのため両駅間の距離や労力は通常の二・五倍、標高差も千m以上といわれている。恵那山と富士見台の撓《たお》りの神坂峠を越える峻険な山道は、古く縄文時代より中世にいたるまで、木曽川と天竜川両水系を結ぶ道として重要な役割を果たしてきた。

現在では、恵那山トンネルが木曽谷と伊那谷を最短で結んでいる。中央アルプス南端の恵那山北から富士見台・神坂峠付近、さらに園原の地下をトンネルが貫いている。『阿智村誌』は、延長一三・三kmに及ぶ恵那山トンネルと網掛トンネルの開通による中京・京阪神との距離の大幅な短縮を、「伊那谷の夜明け」と称揚した。しかも日本有数の「断層群」に遭遇し、着工より貫通まで七年を要した恵那山トンネル（一九七五年開通）に対して、次のような賛辞を呈している。

> 道路トンネルとしては東洋では最大最長であり、世界でもフランス、スイス間を結ぶ「モンブラン・トンネル」に次ぐ第二位の長さをもっており、諸施設の完備の点では、このトンネルの右にでるものはないといわれている。（『阿智村誌』下巻）

古代東山道　信濃坂碑

今を遡ること千数百年、古代律令制国家のもとでも道の整備が急務とされていた。六四五年の「大化の改新」とその「詔《みことのり》」発布以来、中央集権的な国家支配と政治機構がある程度明文化され、その後の国家の基本法典となった大宝律令（七〇一年制定）や、これに依拠しつつ修正・改定された養老律令（七五七年施行）により、古代日本の法典はしだいに完備されていった。

特に「東山道」は、古代律令制度のもとで軍事や政治と密接に関わりながら整備され、天武天皇の時代（六七三〜六八六年）に国家的統制と国防のため再編された。すなわち「大化の改新」の後も整備は続き、天武天皇一四年（六八五）頃に「七道《しちどう》」は完成したようであるが、実際には「大宝律令」の施行によって「駅制《えきせい》」が定められ、軍事や政治のための道路網の整備も完了したのである。防人《さきもり》として険阻《けんそ》な道を旅した東国の人らはもちろんのこと、古代から中世にかけて、東征もしくは行政上の統治のためにこの地を行き来した官人達、さらに駅制のもとで朝廷への租税・貢物を運んだ人々が、文学史を彩る古典文学作品や歴史書にしばしば登場する。都に住む人々もまた、古代東山道や峻険《しゅんけん》な神坂峠、その麓《ふもと》の「園原」を形象化の対象とした。その結果この地域は、古代から中世までの日本古典文学に豊饒《ほうじょう》な実りをもたらし、都から遠く離れた地域の特性と険しく厳しい自然環境に裏打ちされた文芸創造の揺籃《ゆりかご》となったのである。

二〇〇八年春、「園原」の地に「はゝき木館」がオープンした。阿智村（長野県下伊那郡）全体を博物館とみなす「全村博物館構想」も提示され、地域の自然や景観のみならず歴史的な文化遺産を見直し、次代へと受け継ごうとする志気の高まりがうかがわれる。過去の文化遺産を守り伝え歴史的価値を見直すことは、二一世紀に生きるわれわれが取り組むべき課題である。このことは、古代東山道の要衝であり、歴史的な文化遺産の宝庫でもある「園原」に対しても求められている。なぜなら、中央自動車道「園原インター」が新たに開設され、一九九六年夏より名古屋・東京等都市近郊のスポット「ヘブンスそのはら」（天空の楽園）の観光地化も進展しつつある中で、貴重な文化遺産保存への意志や希求の有無が問われているからである。

はゝき木館

本書は、古代の東山道「園原」に焦点を合わせながら、古代日本語によって形象化された日本の古典文学を読み深め、その真価と魅力に迫ろうとするものである。ささやかな本書の試みによって、古典に親しみ、当地の自然や歴史的な文化遺産を次代へと継承していく一助となるならば幸いである。

一　古代東山道の文学散歩——歌でたどる「神の御坂」と「園原」

◉——万葉人にとっての「神の御坂」

日本最古の歌集『万葉集』の巻二〇には、天平勝宝七年（七五五）二月に交替して筑紫に遣《つか》わされた「諸国の防人等《さきもりたち》」の歌が八四首収められている。そのうちの一首は、現存する神坂峠の古代祭祀遺跡付近で、千数百年前に家族を思いつつ「幣奉《ぬさまつ》り」、祈りを捧げた防人の姿を彷彿とさせる。[1]（〔〕内は大意訳、以下同じ）

○ちはやぶる神の御坂《みさか》に幣奉《ぬさまつ》り斎《いは》ふ命は母父《おもちち》がため　（万葉集二〇・四四〇二・埴科《はにしな》郡神人部子忍男《かむとべのこおしを》）

〔ちはやぶる神の御坂で幣帛を奉って命の無事を祈るのは、母と父のためです〕

『古事記』（七一二年）や『日本書紀』（七二〇年）には、倭建《やまとたける》の東征に関する記事の中にも「科野《しなの》の坂」および「信濃坂」（現神坂《みさか》峠）が現れる。殊に、東征を終え「科野の坂の神」に「言向《ことむ》」けた倭建と尾張の美夜受媛《みやずひめ》との神婚譚《しんこんたん》は、『尾張国熱田太神宮縁起』にも収められ、二人のあいだで交わされた贈答歌謡を媒介としつつ、今日にいたるまで広く受容されているのである。

神坂峠遺跡の碑

○久方《ひさかた》の　天《あめ》の香具山　とかまに　さ渡る鵠《くび》　ひは細《ほそ》　たわや腕《かひな》を　枕《ま》かむとは
吾《あれ》はすれど　さ寝むとは　吾は思へど　汝《な》が着《け》せる　襲《おすひ》の裾《すそ》に　月立《つきた》ちにけり

〔(久方の) 天の香具山をとかま (新月) に向って飛び渡って行く白鳥のように、(清浄・無垢な美夜受媛の) 繊細でたおやかな腕を枕にしようと私はするが、共寝《ともね》をしようと私は思うけれど、あなたが着ていらっしゃる襲の裾には月が立ったのですね (初潮が訪れたのですね)〕

(古事記二七歌謡・倭建命)

○高光《たかひか》る　日の御子《みこ》　やすみしし　我《わ》が大君《おほきみ》　あらたまの　年が来経《きふ》れば　あらたまの　月は
来経《きへ》ゆく　諾《うべ》な諾な　君待ちがたに　我《わ》が着せる　襲の裾に　月立たなむよ

〔(高光る)日の皇子(やすみしし)我が大君、(あらたまの)年が経過すれば、(あらたまの)月もた(立・経)ちます。それは当然のこと。あなたをお待ちしているあいだに、私が着ている襲の裾にも月が立ってほしいと願っていました(初潮の訪れを私も心待ちにしていました)〕

(古事記二八歌謡・美夜受媛)

古代東山道の道標

『尾張熱田太神宮縁起』(『群書類従』巻二四は「縁記」)には、「度㆓駿河之海㆒々中有㆑鳥。鳴声可㆑怜、毛羽奇麗。……促㆑駕還㆓着於宮酢媛《みやずひめ》之宅㆒。于㆑時献㆓大饌㆒、宮酢媛手捧㆓玉盞㆒以献、彼媛所㆑着衣裾、染㆓於月水㆒。日本武尊《やまとたける》覧㆑之、即歌曰」〔駿河の海中に鳥がいた。鳴き声は愛らしくうるわしい。……日本武尊は駕《かご》を急がせ、尾張の宮酢媛の家へ帰還した。媛が日本武尊をもてなし大御食《おおみけ》を献じ、手に玉の盞《さかずき》を捧げ献上すると、その衣の裾に月水 (月経) が染み色づいていた。日本武尊はこれをご覧になって、歌を詠じられた〕と叙した後に、「尾張」を読み込んだ歌謡が続く。『尾張熱田太神宮縁起』所収の「日本武尊」と「宮酢媛」の贈答歌謡は、表現内容も右の『古事記』の歌謡に準じたものであり、しかも一字一音の万葉仮名で記されている。読解の便を考慮に入れ、前掲『万葉集』や『古事記』の例と同様に以下漢字仮名交じりで示すことにする。

○真菅《ますげ》　尾張の山と　此方彼方《こちごち》の　山の峡《かひ》ゆ　飛み渡る　ひかはの羽細《はほそ》　たわや腕《かひな》を　枕《ま》き寝むと　我《われ》は思《も》へるを　寄り寝むと　我は思へるを　吾妹子《わぎもこ》　汝《な》が着《け》せる　襲《おすひ》の上に　朝月の如く　月立ちにけり

（尾張熱田太神宮縁起・日本武尊）

○やすみしし　我《わ》ご大君　高光る　日の御子《みこ》　あらたまの　来経《きへ》ゆく年を　年久《としひさ》に　御子《みこ》待ち難《がた》に　月重ね　君待《きみま》ち難に　諾《うべ》な諾なしもや　我《わ》が着《け》せる　襲《おすひ》の上に　朝月の如く　月立《つきた》ちにける

（尾張熱田太神宮縁起・宮酢媛）

●――王朝人にとっての「園原」

平安時代に入ると、日本初の勅撰漢詩集『凌雲集《りょううんしゅう》』（八一四年）の中に、坂上今継《さかのうえのいまつぐ》が「積石千重峻　危途九折分……客思転紛紛」（詳しくは後述）と詠じた「渉ル二信濃坂ヲ一」が収められ、「園原」周辺は私撰集・勅撰集を問わず広く和歌にも詠まれるようになった。やがて「園原」は、『枕草子』の一六段に「原は、みかの原、あしたの原、園原」と記されるほどに、都人にとって和歌的な言語イメージを喚起する空間となる。なかでも、平安前期の歌人坂上是則《さかのうえのこれのり》（生没未詳）の歌は最も有名であり、引歌として使用される頻度も高い。

平定文家歌合に

○園原や伏屋《ふせや》に生《お》ふる帚木《ははきぎ》のありとは見えて逢はぬ君かな　（新古今集一一・九九七恋歌一・坂上是則）

〔園原の伏屋（布施屋）に生えている帚木が、あると見えて近づくと消えるように、姿は見えながら直接逢ってはくださらないあなたなのですね〕

不会恋／くれどあはず

○園原や伏屋に生ふる帚木のありとてゆけど逢はぬ君かな

（左兵衛佐定文歌合二八／古今和歌六帖五・三〇一九）

これらの歌に代表される「園原の伏屋」の「帚木」は、遠くからは見えるものの近づくと姿が消えるという幻想性と相俟《あいま》って、平安貴族にむかえられることになる。『源氏物語』五四帖の帚木《ははきぎ》・空蟬《うつせみ》・夕顔《ゆうがお》・末摘花《すえつむはな》・関屋《せきや》・玉鬘《たまかずら》・初音《はつね》の七巻に描かれる空蟬と光源氏の恋物語は、是則の歌と幻想の帚木伝説を背景に、「園原」の「伏屋に生ふる帚木」のイメージを生かしながら、作者紫式部が、「身《み》の程《ほど》」を憂えて「あるにもあらず消ゆる」空蟬造型と、「園原の道にあやなくまどひぬる」光源氏と空蟬との恋物語を紡ぎ出すべく、新たな文学表現を試みたものとみなされる。

○帚木《ははきぎ》の心を知らで園原の道にあやなくまどひぬるかな　（源氏物語・光源氏詠）

〔近づくと見えなくなる（消えてしまう）帚木のようなあなたのお心も知らず、園原の道でこの私はあてどもなく迷いとまどうばかりです〕

○数《かず》ならぬ伏屋《ふせや》に生《お》ふる名の憂さにあるにもあらず消ゆる帚木　（源氏物語・空蟬詠）

〔ものの数ではない下層の伏屋育ち（受領の後妻）といわれるのがつらくて、生きていても人としての価値も認められない私は、園原の帚木のように姿を隠しはかなく消えそうです〕

また『源氏物語』の影響のもとに成立した『狭衣物語《さごろも》』は、「園原」に飛鳥井《あすかい》の女君の「その腹」を掛け、生まれてくるわが子への思いを託すとともに、「帚木」には「母」のイメージをも付与している。「園原」や「帚木」を形象化する際、典雅な和歌空間や晴れの場から日常的な褻《け》の場へと転ずる表現手法は、これらを素材とする平安後期の『後拾遺和歌集』などにも散見され、和歌表現の歴史的変遷と軌を一にするものといえよう。懐妊後失踪した飛鳥井《あすかい》の女君を思いつつ詠じた狭衣大将の歌は、「園原・帚木・伏屋」の担う既存の言語イメージにすがりながらも、その一方で『源氏物語』の「中の品《なかしな》」の女・空蟬の身意識と「園原の伏屋」による造型を越えようとの意図やイメージの広がりが認められる。

○園原と人もこそ聞け帚木のなどか伏屋に生ひはじめけん　（狭衣物語・狭衣詠）

〔わが子は園原（その腹）に生まれた子だと世間が聞きつけたらどうしたものか、子の母である飛鳥井の女君（帚木）は、どうして伏屋（園原の布施屋）に生まれ育ちはじめたのだろうか〕

当時の今様歌を集めた後白河法皇撰の『梁塵秘抄《りょうじんひしょう》』（一二世紀後半）にも、よく知られた「遊びをせんとや生まれけん……」の二首後に東山道の難所「信濃の御坂」を織り込んだ歌謡が収められている。なおこれは、「うぶ」なままをよしとしない巫女か傀儡女《くぐつめ》の歌とされている。

○甲斐《かひ》の国より罷《まか》り出でて、信濃の御坂《みさか》をくれくれと、遥《はる》々と、鳥の子にしもあらねども、産毛《うぶげ》も変らで帰れとや　　（梁塵秘抄二・三六一）

〔甲斐の国より出て来て、信濃の御坂（神坂峠）を難渋しながら、はるばると、鳥の子ではないけれど、産毛《うぶげ》も生え変ることなく（男も知らず）うぶなままで帰れというのか〕

平安時代中期から後期にかけて古代の「神の御坂《みさか》」は、「信濃の御坂」と称されるようになる。『後拾遺和歌集』（一〇八六年）には、遠方よりの眺めを詠じた能因《のういん》法師（九八八年〜未詳）の叙景的和歌が収められ、『能因法師集』にも「三河にあからさまに下《くだ》るに、信濃の御坂の見ゆる所にて」（八九）との詞書を伴う同様の歌がみられる。

為善朝臣、三河守《みかはのかみ》にて下《くだ》り侍りけるに、墨俣《すのまた》といふ渡《わた》りに降りゐて、信濃の御坂《みさか》を見やりて詠み侍りける

○白雲の上より見ゆるあしひきの山の高嶺《たかね》や御坂なるらん　　（後拾遺集九・五一四羇旅・能因法師）

〔白雲の上より見える（あしひきの）山の高嶺は、御坂（神坂峠）なのであろうか〕

特に平安中期以降、「信濃の御坂」とともに「園原」も絵画化され、旅人の「伏屋」（布施屋《ふせや》・伏す）や「甲斐《かい》（なし）」を連想させる景に基づく歌枕《うたまくら》（歌の名所）となったと推察される。『新古今和歌集』（一二〇五年）の藤原輔尹《すけただ》（未詳〜一〇二一年）の歌や詞書は、そのことを証している。

信濃の御坂かきたる絵に、園原といふ所に旅人やどりて立ちあかしたる所を

○立ちながらこよひはあけぬ園原やふせ屋といふも甲斐なかりけり

（立ったままでゆっくりと寝ることもなく今夜は明けました。園原の伏屋（布施屋）といってもその甲斐もないもてなしなのですね）

（新古今集一〇・九一三羇旅歌・藤原輔尹）

平安後期より中世に入ると、「信濃の御坂」はより一層観念的な叙景歌としての様相を呈しつつ、「木曽の御坂」として形象化され詠じられるようになる。すなわち、「柴の庵《いほり》」「谷風」「吹雪」「白雪」「夕立」「五月雨」や「袖」などを配して、一種枯淡《こたん》・典雅なイメージを揺曳《ようえい》させる和歌空間と化し、勅撰集や題詠歌においてはもっぱら「木曽の御坂」と表現されるようになるのである。ただし、ここでは藤原俊成《しゅんぜい》（一一一四〜一二〇四）自撰の『長秋詠藻《ちょうしゅうえいそう》』（一一七八年）の一首（併『夫木和歌抄《ふぼくわかしょう》』）と、『続後撰和歌集』（一二五一年）所収の長方《ながかた》（一一三九〜一一九一年）の歌、『続古今和歌集』（一二六五年）の鴨長明（一一五五頃〜一二一六年）の一首の他、『新葉和歌集』（一三八一年）の撰者である宗長親王（一三一一〜一三八五年頃）の詠歌を記すに留めたい。

同じ御供花の時、旅宿五月雨といふ心を

○五月雨に木曽の御坂を越え侘びて懸路に柴の庵をぞする

（長秋詠藻二三三・藤原俊成）

（五月雨の降るなか木曽の御坂（神坂峠）を越えかねて、険しい山路の柴木の庵で一夜の宿りをすることです）

恋の心を

○信濃路や木曽の御坂のこざさ原わけゆく袖もかくも露けき　（続後撰集一二・七六九恋歌二・長方）

〔信濃路の木曽の御坂の小笹原を分けながら進む衣の袖までも、あなたを思うとこのように露けく涙に濡れます〕

花歌とて

○吹きのぼる木曽の御坂の谷風に梢も知らぬ花を見るかな　（続古今集二・一三九春歌下・鴨長明）

〔谷風が空へと吹きのぼる木曽の御坂で、梢もさだかでない花を見ることよ〕

夏の歌の中に

○谷風に雲こそのぼれ信濃路や木曽の御坂の夕立の空　（新千載集一六・一七五一雑上・千恵法師）

〔谷風によって雲が空へと吹きあげられています。信濃路の木曽の御坂の夕立の空は〕

信濃国に侍りし頃、都なる人のもとに申しつかはし侍りし

○思ひやれ木曽の御坂も雲とづる山のこなたの五月雨の頃　（新葉集三・二一八夏歌・宗長親王）

〔思いやってください。木曽の御坂も雲に閉じられ、都からはるか遠い山のこちら側は、五月雨となりましたこの頃を〕

ところで、一三一〇年頃の成立とされる『夫木和歌抄』には、「そのはら山、信濃」と題して源仲正（平安後期・生没未詳）の詠歌が収められている。殊に久安五年（一一四九）七月の歌合における「外に見し園原山の帚木は」の判者顕輔《あきすけ》（一〇九〇〜一一五五年）の判詞には、「園原山と詠まれたるは、聞き馴らはぬ心地する山にてもや侍るらむ。不見給事なれば知らねども、園原やふせ

屋とのみぞ詠みならはしたる」（「園原山」と詠まれた山は、聞きなれないように思われる山ではないだろうか。まったく見たこともない山なので明確ではないが、「園原や伏屋（布施屋）……」とのみ一般に詠みならわされている」とあり、これによっても、当時既に「園原」は、「園原の伏屋／布施屋」のイメージを喚起する和歌空間＝歌枕として定着していたことが知られる。その一方で、新たな歌材として「木賊《とくさ》」が加わるのであるが、和歌における「帚木」から「木賊」へ、さらには「磨く」「とぐ」を媒介とする「秋の夜の月」への素材とイメージの広がりは、後の世阿弥（一三六三〜一四四三年頃）の作ともいわれる謡曲「木賊」への新展開を呼び覚まし、「園原」を舞台とする新たな文芸領域と表現を切り拓く契機となったと考えられる。

保延元年中納言家成卿家歌合、月を

○木賊《とくさ》刈る園原山の木の間より磨き出《い》でぬる秋の夜の月　（夫木抄二〇・八四四三・源仲正）

〔木賊を刈る園原山の木の間より、さやかな光を放って（木賊で磨かれて）姿をあらわした秋の夜の月であるよ〕

久安五年七月歌合、山路雪

○外《よそ》に見し園原山の帚木も降る白雪に埋もれにけり　（夫木抄二〇・八四四五・琳仁法師）

〔遠方より見ていた園原山の帚木も（近づくと姿を消すといわれているが）、降り積もる白雪に埋もれてしまったことよ〕

さて、近世にいたると東山道はその役割を終える。街道が東山道から中山道へと移り変るとともに、文学を育む揺籃《ゆりかご》であった「園原」一帯は、もはや新たな文字文化を生み出すことはなくなるのである。かつて命を賭して急峻な神坂峠を越え、東山道を行き来した旅人の切なる祈りの心は、他に類例のない峠の古代祭祀遺跡を残し、その片鱗は『万葉集』の防人の歌にも残されている。人々が、「御坂《みさか》」の神に祈りを捧げ命をかけて越えた峠は、他とは異なる独自の文学創造のエネルギーを醸し出し、失われた幾多の魂をも吸い上げながら躍動感溢れる独創的文芸を生み出したのである。さらに、遠方よりこの地を望み幻想的「帚木」伝説に魅了され、「伏屋《ふせや》」からの連想によって創作意欲をそそられた王朝歌人らも、類想的歌枕のイメージに拠りつつ日本文学史に残る表現を培ってきた。

『古事記』『日本書紀』の叙述や古代歌謡、さらには『万葉集』の歌の表現は、古代神話の時代から受け継がれた日本人の自然観と古代的思考を反映している。しかし、「園原」や「御坂」(現神坂峠)がはるか遠方より眺める対象となり、屏風絵や名所絵などの景に基づいて題詠歌をしたためる対象と化すに伴って、その表現は観念的な歌枕詠へと変化する。つまり、当地近隣を詠じた平安後期から中世初期にかけての和歌は、リアリティーや日常性を払拭《ふっしょく》し、「谷風・白雪・夕立・五月雨・袖」などの素材を配することにより、枯淡・典雅な和歌表現へと変容を遂げるのである。この間五六百年ないしはそれ以上にわたって、「神の御坂」から「信濃の御坂」「木曽の御坂」へと名称を変えながら形象化された神坂峠と「園原」一帯は、人々の想像力と創作意欲を掻き立てつつ、古代歌謡・万葉の時代より平安・中世にいたるまでの歌の世界に、特色ある歌群を形成したといえよう。

二　古典文学のなかの古代東山道——古代日本人の祈りと自然観

◉——古代の道・東山道

東山道は、京から近江・美濃・飛騨・信濃を経て上野・下野・陸奥・出羽へと至る。また東山道は、古代日本において東海道とともに京と東国を結ぶ重要な道であった。殊に東海道が海の道であるのに対して、東山道は険しい山の道であった。道制や七道《しちどう》（東海道・東山道・北陸道・山陽道・山陰道・南海道・西海道）は、日本の古代律令制のもとで、軍事や政治と緊密な関係を保ちつつ構築され、天武朝に国家的統制と国防のために再編・整備されたのである。(2)

とりわけ、全長千㎞に及ぶ古代東山道は、七道のなかで最も長く、軍事的要素も濃厚であった。そのルートは、『延喜式』兵部省駅伝馬条・『倭名類聚鈔《わみょうるいじゅうしょう》』に記された駅家《うまや》や国府および郡家《ぐうけ》などを通して推察される。東国の防人《さきもり》をはじめ舎人《とねり》や采女《うねめ》らが行き交い、都への租税や貢物が運ばれ、東国征服・支配のための兵らが難渋しつつ往還した様子も彷彿されるのである。

『日本書紀』をひもとくと、日本武《やまとたける》の東征に関する叙述のなかに「信濃坂《しなのさか》を度《わた》

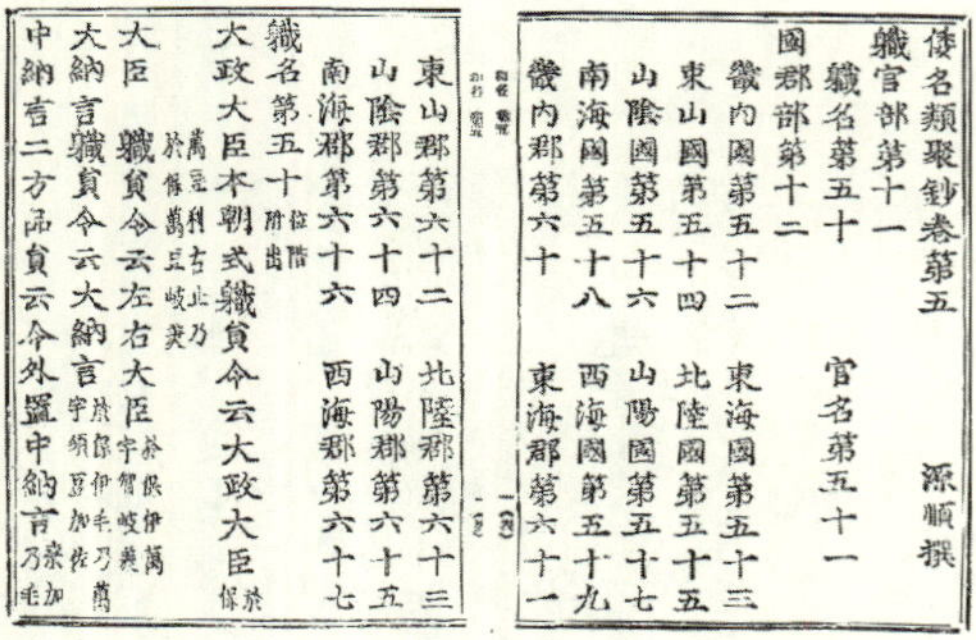
倭名類聚鈔巻第五　源順撰
職官部第十一
職名第五十　官名第五十一
國郡部第十二
畿内國第五十二　東海國第五十三
東山國第五十四　北陸國第五十五
山陰國第五十六　山陽國第五十七
南海國第五十八　西海國第五十九
畿内郡第六十　東海郡第六十一
東山郡第六十二　北陸郡第六十三
山陰郡第六十四　山陽郡第六十五
南海郡第六十六　西海郡第六十七
職名第五十　位階附出
大政大臣本朝式職員令云大政大臣　於保萬豆利古止乃於保萬豆岐美
大臣　職員令云左右大臣　於保伊萬宇智岐美
大納言職員令云大納言　於保伊毛乃萬宇須豆加佐
中納言二方品員云令外置中納言　奈加乃毛

『倭名類聚鈔』

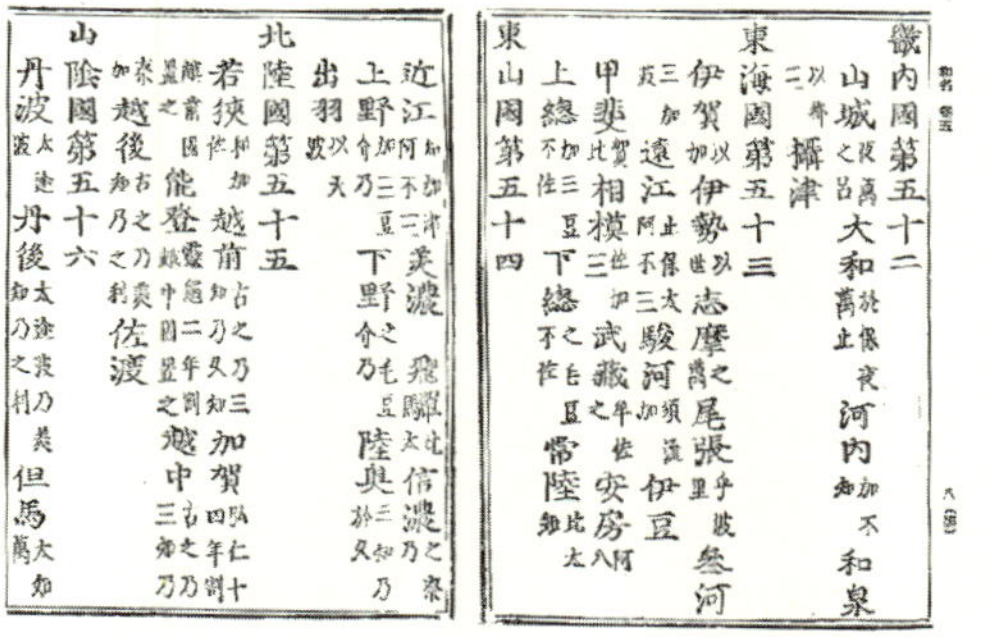

畿内國第五十二
山城　大和　河内　和泉　攝津

東海國第五十三
伊賀　伊勢　志摩　尾張　參河　遠江　駿河　伊豆　甲斐　相模　武藏　安房　上總　下總　常陸

東山國第五十四
近江　美濃　飛驒　信濃　上野　下野　陸奥　出羽

北陸國第五十五
若狹　越前　加賀　能登　越中　越後　佐渡

山陰國第五十六
丹波　丹後　但馬

る者《ひと》、多《さは》に神の気《いき》を得て瘼《を》え臥《ふ》せり」（景行天皇四〇年一〇月条）とあり、また蘇我馬子《うまこ》の没した翌年、推古天皇重体・死去の前年に相当する推古天皇三五年（六二七）の五月条には、「夏五月に、蠅《はへ》有りて聚集《あつま》る。其《そ》の凝《こ》り累《かさな》ること十丈《とつゑ》ばかり。虚《おほぞら》に浮《うか》びて信濃坂を越《こ》ゆ。鳴る音《おと》雷《いかづち》の如し。則《すなは》ち東《ひむがし》のかた上野国《かみつけのくに》に至りて自《おの》づからに散《ちりう》せぬ」と記されている。

『続日本紀』にも「岐蘇《きそ》の山道《やまぢ》を開く」（文武天皇大宝二〈七〇二〉年一二月条）、「美濃・信濃の二国の堺、径道険隘《けいだうけむあい》にして、往還艱難なり。仍《よ》りて吉蘇路《きそぢ》を通す」（元明天皇和銅六〈七一三〉年七月条）とある。美濃国守笠麻呂《かみかさのまろ》らは、この折の東山道整備の功により、翌年閏二月、封戸《ふこ》・賜田《しでん》並びに叙位などを受けているのである。[3]

○信濃道《しなのぢ》は今の墾道《はりみち》刈株《かりばね》に足踏ましなむ履《くつ》着けわが背《せ》　（万葉集一四・三三九九）

〈信濃道者　伊麻能波里美知　可里婆祢尓
安思布麻之奈牟　久都波気和我世〉

「信濃国の歌」の左注を持つ『万葉集』の右の東歌は、七〇二年から一二年の歳月を費やしてようやく開通した「信濃道」を詠んだ歌である可能性が高い。開墾したばかりの道の切株に足をとられつつ、難渋

東歌「信濃路」の歌碑

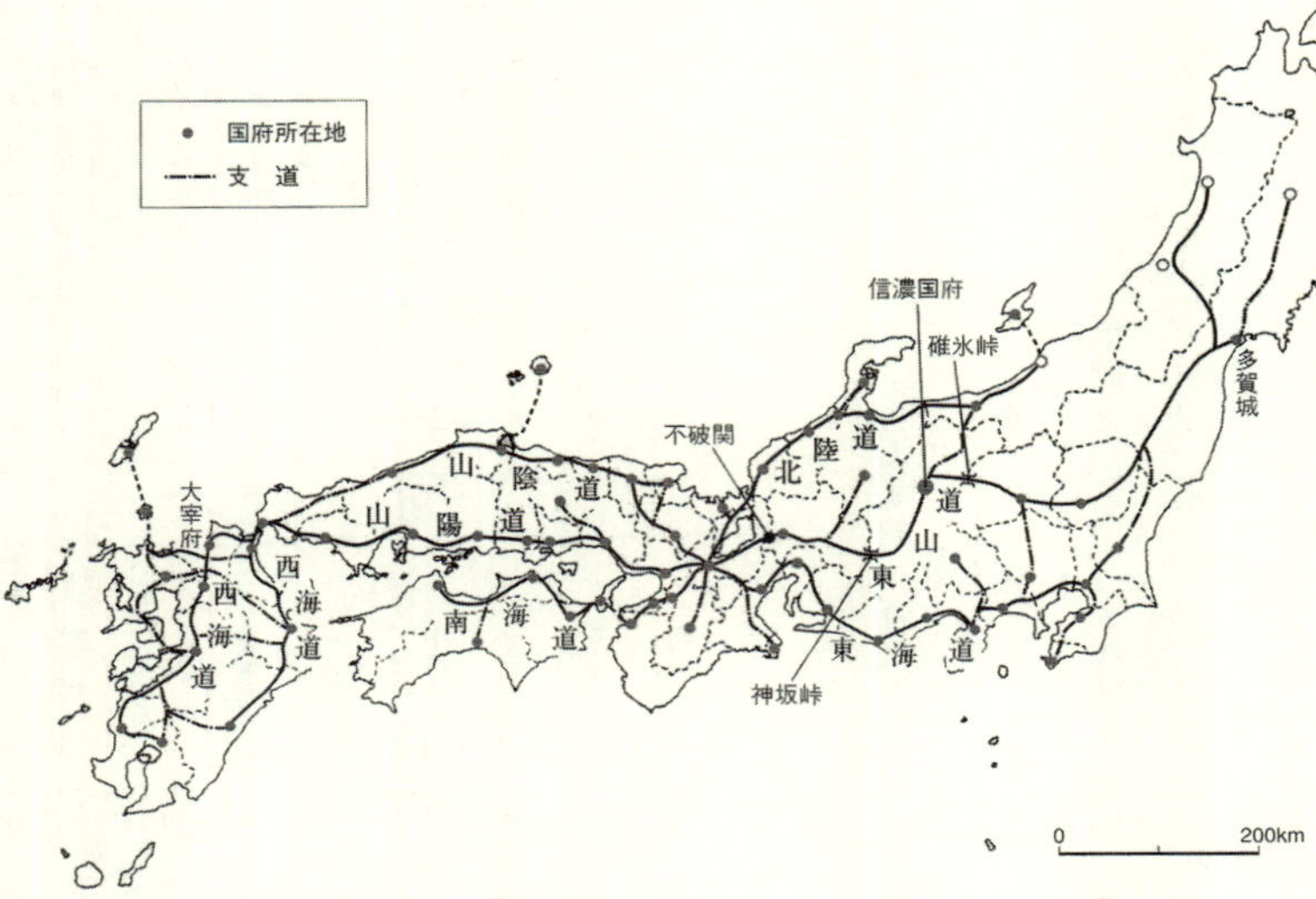

『東山道の峠の祭祀・神坂峠遺跡』「律令制下の七道」より

古代七道

しながら「往還艱難」な山路を越え行く「背」への思いを詠じた女の相聞歌は、千数百年の歳月を経た今なお『万葉集』中の愛誦歌の一首として、当地の人々はもとより広範に享受されている。

弘仁六年〈八一五〉（一説に弘仁八年とも）には最澄も「信濃坂」（現神坂《みさか》峠）を越えたようである。『叡山大師伝』によると、「其坂数十里」の山越えは「不能一日行程」とされている。最澄は、「此坂艱難」な山路の旅の実体験に基づいて、「往還無宿」を憂えつつそれへの救済を施すために、信濃側に「広拯院《こうじょういん》」、美濃側に「広済院《こうさいいん》」の二院を設けたのであった。大師の深い慈愛と悲願は現代にいたるまで受け継がれ、地域の人々の篤実な志にも支えられながら、その再建復興が図られている。特に、「園原」の地の「広拯院」（布施屋）は、「帚木《ははきぎ》」伝説を背景にして、平安時代にはしばしば和歌に詠まれ、やがて歌枕としての定着をみた。もちろん、自然災害にさらされやすく、折あるごとに崩落の危険を免れ得ない神坂峠の脆さや危うさが、特色ある文学を生み出す創造のエネルギーへと転化したことも否定しがたい。

　さらに、『源氏物語』の空蝉物語における「帚木」は、「あるにもあらず消ゆる」幻想的イメージを担い、存在の有無・可否を問いつつ「身の憂さ」を嘆く空蝉造型に深く関わることになる。これを契機として、「園原の伏屋（布施屋）に生ふる帚木」は都人らに広く知られ、平安後期から中世にかけて「園原」（その原・その腹）の「伏屋」（布施屋）と「帚木」（母木々）は、より一層掛詞《かけことば》的な言語イメージを増幅しつつ、和歌や歌物語のみならず、広く説話文学や謡曲などにまで登場するようになる。

広拯院

◉——古代日本文学と資料のなかの「東山道・神の御坂」

　雄々しく峻険な東山道の山路や坂は、古代より日本文学の表現の対象となった。東国と西国の境界に立ちはだかる「神の御坂《みさか》」（現神坂《みさか》峠）は、上野国《かみつけのくに》との境に位置する碓氷《うすい》峠や古代東海道の足柄《あしがら》峠とともに険しい難所であった。[4] これらの地は、峠での祭祀や古代信仰と相俟って『古事記』『日本書紀』『万葉集』などにしばしば登場する。殊に現在の長野県下伊那郡阿智村と岐阜県中津川市の境にそそり立つ恵那山の北東側の神坂峠は、「神の御坂《みさか》」「信濃の御坂」「信濃坂」「科野《しなの》の坂」と称され、古代史に裏付けられた記述や伝承的要素を帯びた叙述によって、古代の日本文学に独自の彩を添えている。また碓氷峠や足柄峠をも含め、現在「峠」といわれているこれらの地は、元来「境《さかひ》」[sakafi]と類義関係にある「坂《さか》」[saka]や「御坂《みさか》」[misaka]と称されていた。『令義解《りょうのぎげ》』には「東海道ハ坂ノ東」とあり、「駿河ト相模トノ界ノ坂也」との割注が付されている。一方、「東山道ハ山ノ東」の一文には、「信濃ト上野トノ界ノ山也」との注記がある（巻七公式令・朝集使）。ちなみに、養老年間（七一七～七二四年）に成立したとされる『常陸国風土記』にも「足柄《あしがら》の山坂《やまさか》」の記述がみられる。

○古《いにしへ》は、相模の国足柄の岳坂《やまさか》より以東《ひむがし》の諸《もろもろ》の県《あがた》は、惣《す》べて我姫《あづま》の国と称《い》ひき　（常陸国風土記）

平安後期から中世にかけて使用されはじめた「峠《たうげ》」は、「たむけ（手向け）」から転じた語であり、神に手向けをしつつ旅の安全を祈願したことに因《ちな》んだ表現である。『万葉集』には「坂」を詠む歌が二三首あり、「御坂」「神の御坂」を対象とするものはそのうちの八首である。「坂」自体も、境に立ちはだかる峻険な場で「幣奉り」「手向け」をした古代日本人の行為に基づいて詠じられている。

田口広麿死之時、刑部垂麿作歌一首

○百《もも》足《た》らず八十隈坂《やそくまさか》に手向《たむ》けせば過ぎにし人にけだし逢はむかも　（万葉集三・四二七）

石上乙麿卿配二土佐国一之時歌三首（内一首）

○……八十氏人《やそうぢびと》の　手向《たむ》する　恐《かしこ》の坂に　幣奉《ぬさまつ》り　我はぞ退《まか》る　遠き土佐道《とさぢ》を　（万葉集六・一〇二二）

ところで、『万葉集』において「神の御坂」は、現在の神坂峠とともに足柄峠にも用いられている。「神の」を冠した『万葉集』の「御坂」表現によって、東海道と東山道の峻険な難所として名高く、ともすれば命を落とす危険を伴う「坂」に対する古代日本人の畏怖・畏敬の念がより一層明らかにされる。

過㆓足柄坂㆒見㆓死人㆒作歌一首

○小垣内《をかきつ》の……鳥が鳴く　東《あづま》の国の　恐《かしこ》きや　神の御坂《みさか》に　和膚《にぎはだ》の　衣寒《ころもさむ》らに……家問へど
家をも言はず　ますらをの　行きのまにまに　ここに臥《こや》せる

（万葉集九・一八〇〇・田辺福麿《さきまろ》歌集）

「御坂」を詠む六首も、四首までが「足柄」に関するものであり（「足柄坂」関係約六七％、「神の御坂」二例を加えると八首中五首で約六三％）、その他の二首は、有馬の皇子絞首の地として有名な「藤白」（和歌山県海南市）を詠む「藤白のみ坂を越ゆと白栲のわが衣手は濡れにけるかも」（九・一六七五）と、「山路越ゆらむ」（一二・三一九二）の「一に云ふ」の「み坂越ゆらむ」から成る。次のような『万葉集』の歌は、古代東山道と東海道の要衝として屹立する急峻な「坂」が、神坂峠・碓氷峠と足柄峠であったこととあわせ、辺境の守りとして遣わされた防人（崎・守り）らの「坂」に寄せる慨嘆や、残された家族と防人双方が抱いた思慕の深さを知る手がかりになる。

○ひな曇り碓氷《うすひ》の坂を越えしだに妹《いも》が恋しく忘らえぬかも

（万葉集二〇・四四〇七・上野国他田部子磐前《おさたべのこいはさき》）

○足柄のみ坂に立《た》して袖振らば家《いは》なる妹はさやに見もかも

（万葉集二〇・四四二三・武蔵国藤原部等母麻呂《ふぢはらべのともまろ》）

○色深く背《せ》なが衣《ころも》は染めましをみ坂賜《たば》らばまさやかに見む

（万葉集二〇・四四二四・武蔵国妻物部刀自売《めのもののべのとじめ》）

伊那《いな》郡の「阿知《あち》駅」は、東山道八六駅中の一つである。美濃国の坂本駅とは四〇km程離れており、峻険な峠越えの旅路は標高差一〇〇〇m以上とされ、他の駅間の二・五倍の日程と労力を要したようである。「文物《ぶんぶつ》の儀、是に備われり（文物之儀、於是備矣）」（『続日本紀』文武天皇大宝元年〈七〇一〉）の言を具現するべく中国に範を求め、日本の現状を踏まえつつ独自の条項をも加えた「大宝律令」が施行されたのは七〇二年のことであった。刑部《おさかべ》皇子や藤原不比等《ふひと》らによって編纂された「大宝律令」は、わが国初の「近江令」以来の律令の集大成であり、その後の古代日本の律令国家体制の支盤となった。それに先がけて、六四五年の「大化の改新」において既に中央と地方を結ぶ道路・交通の整備の詔が下されているのである。

○初めて京師《みさと》を修め、畿内国《うちつくに》の司《みこともち》・郡司《こほりのみやつこ》・関塞《せきそこ》・斥候《うかみ》・防人《さきもり》・駅馬《はいま》・伝馬《つたはりうま》を置き、鈴契《すずしるし》を造り、

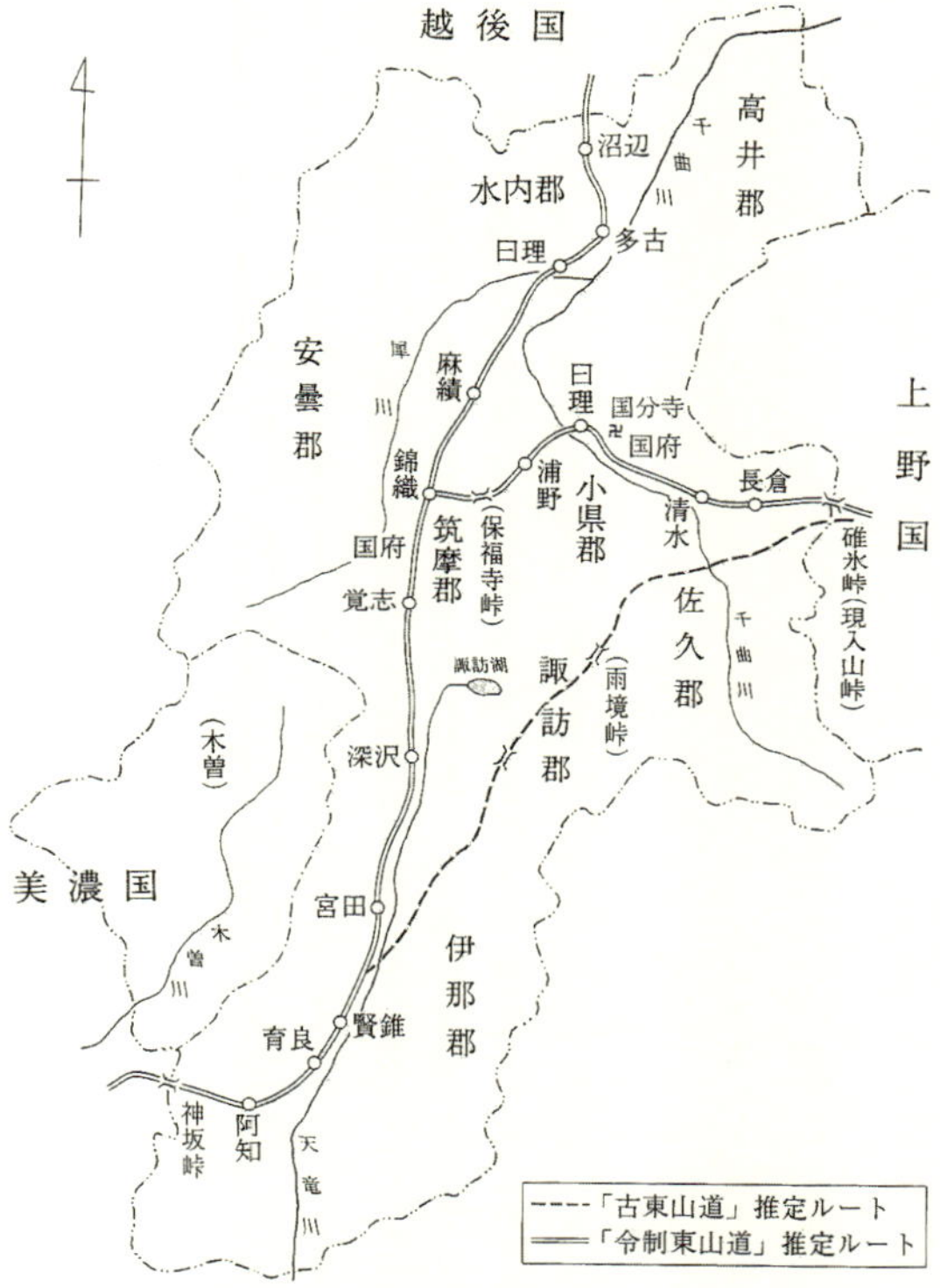

『東山道の実証的研究』より

山河を定めよ（日本書紀二五・孝徳天皇大化二《（六四六）》年条「大化の改新」の詔「其の二」）

殊に『万葉集』の東歌には、古代律令制に基づく「駅家」や「駅鈴」（枕詞「鈴が音の」）の詠まれた雑歌《ぞうか》があり、その表現を通して、愛しい女性の手で直接泉の水を飲ませてほしいと懇願する旅人の姿が想像される。

○鈴が音《ね》の早馬駅家《はゆまうまや》の堤井《つつみゐ》の水をたまへな妹が直手《ただて》よ（万葉集一四・三四三九）

「大化の改新」の後も整備は続き、天武天皇一四年（六八五）頃に七道《しちどう》は完成したとみなされるが（注2参照）、実際には「大宝律令」の施行によって駅制が定められ、道路網の整備も完了したと推定される。刑罰法「律」六巻・教令法「令」一一巻からなる「大宝律令」は現存しないものの、『令集解《りょうのしゅうげ》』を通して一部が知られる。その駅制によれば、三〇里（約二〇km）ごとに一駅設置され、駅馬には駅長と駅子駅戸《えきしえきこ》の人数が割り当てられていた。彼らは駅馬を飼いつつ、往来する官吏らの宿泊や食事の他、諸事にわたって奉仕したようである。「駅家《うまや》」はそのために設けられた施設であった。また駅ごとに置かれた馬の数は、一般に大路（山陽道）二〇疋、中路（東山道・東海道）一〇疋、小路（北陸道・山陰道・南海道・西海道）五疋とされていた。しかし、「阿知駅」は難渋困窮をきわめた神坂峠の山麓に位置するため、馬も最多の三〇疋とされ、美濃側の山麓「坂本駅」にも同数の馬が置かれた。

○阿知卅疋。育良《ユクラ》・賢錐・宮田・深澤・覚志《カヽシ》各十疋。錦織・浦野《ウラノ》各十五疋。曰理《ワタリ》・清水《シミツ》各十疋。
長倉《ナカクラ》十五疋。麻績《ヲミ》・曰理・多古・沼辺《ヌノヘ》各五疋。（延喜式二八兵部省諸国駅伝馬・信濃国駅馬）

実際に神坂峠の頂上付近では、神に「幣奉《ぬさまつ》り」祈る祭祀が行われていた。一九五一年および一九六七年の発掘調査においては、石製模造品（鏡形・有孔円板・剣形・刀子《とうす》形・斧片・鎌形・馬形他）が一六〇〇点余り発見されている。玉類（勾玉《まがたま》・管玉《くがたま》・臼玉他）・鉄製品（鏃《やじり》・斧・刀子他）や土師器《はじき》片・須恵器《すえき》片・灰釉《かいゆう》陶器片等々、古代祭祀の遺跡とみなすべき品も多数出土しており、他に類例がない。すなわち、数量のうえでも日本最多の出土品を誇る古代祭祀の遺跡とされているのである。グリッド別出土品の詳細と年代推定については、大場磐雄編『神道考古学講座』第二巻所収の永峰光一・相原健『東山道』の祭祀遺跡」並びに第五巻所収の椙山林継「神坂峠の祭祀遺物」に委ねることにするが、とりわけ注目されるのは、神坂峠の出土品が「峠頂上での祭祀遺物発見

神坂峠遺跡出土石製模造品

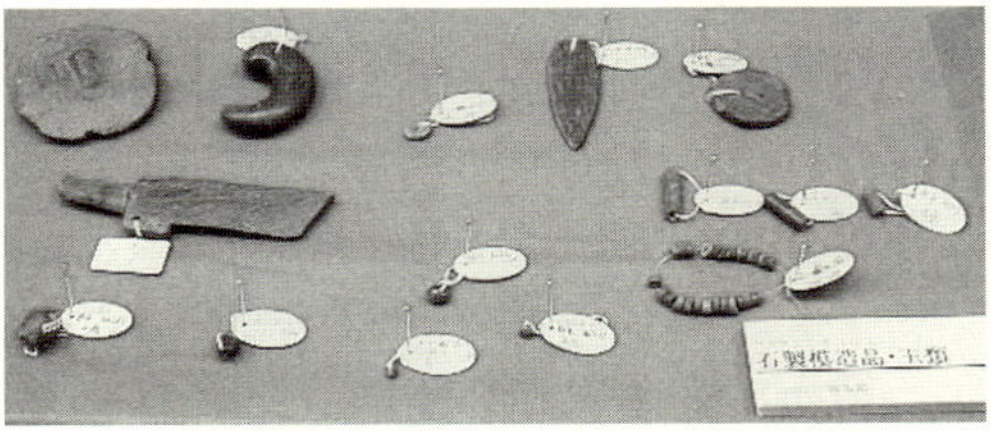

の嚆矢《こうし》」と位置づけられている事実である（坪井清足・平野邦雄監修『新版［古代の日本］第七巻中部』所収椙山林継「神坂峠と入山峠」および田島公「古代国家と東山道」）。

特に、市澤英利『東山道の峠の祭祀・神坂峠遺跡』は、「峠にのこされていた遺物から、およそ六〇〇〇年前の縄文時代前期から中世まで、神坂峠へ人びとが足を踏み入れた」（四二頁）ことを、実際の発掘調査および出土品に基づいて簡明に論述している。なお、これらの石製模造品や玉類等の出土品一二八九点は、二〇〇五年九月に長野県宝に指定されたが、それに先がけて神坂峠遺跡は、一九七二年に全国初の峠祭祀遺跡として長野県史跡の指定を受け、一九八一年には国史跡に指定されている。

神坂峠遺跡出土品
〔須恵器・奈良時代〕

神坂峠遺跡出土品
〔灰釉陶器・平安時代〕

◉――倭建と尾張の美夜受媛の婚儀　『古事記』歌謡「とかまに　さ渡る鵠」

『古事記』によれば、景行天皇の皇子である倭建命《やまとたけるのみこと》も東征の後、甲斐の国より科野《しなの》の国を越え尾張の国へ帰還する。その折、「科野の坂の神」に「言向《ことむ》け」て、「先《さき》の日に期《ちぎ》りたまひし美夜受比売《みやずひめ》の許《もと》に入り坐す」のであるが、それは、あらかじめ「亦還り上《のぼ》らむ時に婚《まぐは》ひせむと思ほして、期《ちぎ》り定めて東《あづま》の国に幸《いでま》し」た倭建が、美夜受媛との婚約を果たすためであった。この婚儀は、「悉に山河の荒ぶる神、及伏《またまつろ》はぬ人等《ひとども》を言向《ことむ》け和平《やは》し」、「荒夫琉蝦夷等《あらぶるえみしども》を言向け、亦山河の荒ぶる神等《かみども》を和平《やは》し」て、古代英雄たるべき東征を達成した後に、「尾張国造《をはりのくにのみやつこ》の祖《おや》、美夜受比売《みやずひめ》の家」において成立する。

この時、倭建に「大御酒盞《おほみさかづき》」を捧げ献上する美夜受媛は、「意須比《おすひ》の裾に、月経《つきのさはり》著《つ》きたりき」という状況にあり、倭建は美夜受媛の衣の裾を見て歌を詠みかける。美夜受媛も、倭建の歌を受けつつ「高光る　日の御子　やすみしし　我《わ》が大君……我《わ》が着せる　襲《おすひ》の裾《すそ》に　月立たなむよ」と応じるのである。

○久方《ひさかた》の　天《あめ》の香具山《かぐやま》　とかまに　さ渡る鵠《くび》　ひは細　たわや腕《かひな》を　枕《ま》かむとは　吾《あれ》はすれど
さ寝むとは　吾は思へど　汝《な》が着《け》せる　襲《おすひ》の裾《すそ》に　月立《つきた》ちにけり

〔比佐迦多能　阿米能迦具夜麻　斗迦麻爾　佐和多流久毘　比和煩曾　多和夜賀比那袁　麻

迦牟登波　阿礼波須礼杼　佐泥牟登波　阿礼波意母閉杼　那賀祁勢流　意須比能須蘇爾
都紀多知邇祁理〕
（古事記二七歌謡・倭建命）

○高光《たかひか》る　日の御子《みこ》　やすみしし　我《わ》が大君　あらたまの　年が来経《きふ》れば　あらたまの　月は
来経《きへ》ゆく　諾《うべ》な諾《うべ》な　君待《きみま》ちがたに　我《わ》が着《け》せる　襲《おすひ》の裾《すそ》に　月立《つきた》たなむよ
〔多迦比迦流　比能美古　夜須美斯志　和賀意富岐美　阿良多麻能　登斯賀岐布礼婆　阿良
多麻能　都紀波岐閉由久　宇倍那宇倍那　岐美麻知賀多爾　和賀祁勢流　意須比能須蘇爾
都紀多多那牟余〕
（古事記二八歌謡・美夜受媛）

さて、倭建の贈歌二七番歌謡に詠まれた「鵠（久毘《くび》）」については、本居宣長が『古事記伝』で白鳥の古名であることを説いて以来、ほぼ定説を得ている。これに対して「久方の　天の香具山とかまに　さ渡る鵠」の「とかま（斗迦麻）」をめぐっては、次の三通りの説がみられる（次頁の〈表1〉参照）。なかでも、「利鎌・鋭鎌」に相当する語として鋭角的に飛んで行く白鳥を表すとする説と、これを「鋭囂」と解した上で鋭くやかましく鳴きながら飛ぶ白鳥を具象的に表したものとみなす説が近年までの主流であった。

しかし、これらを「ひは細　たわや腕」の繊細でたおやかな美夜受媛を具象化する序詞として理解しようとする時、いずれの説も美夜受媛造型に効果的であるよりは、むしろ調和しない要素を看取させる。また、当該歌謡は天降《あも》り伝説を持つ「天の香具山」を詠み、かつ「月立ちにけり」「月は来経ゆく」「月立たなむよ」のように天上の「月」を媒介にして展開されているのである。さらに、古代日本語「とかま」の語構成は「と目」「と心」と同一であると考えられる。これらの「と」は、いづれも上代特殊仮名遣の甲類仮名表記［to］に拠っており、形容詞「と(利)し」や動詞「と(研・磨)ぐ」と同根の「と」に、「鎌」が下接して成立した〈と＋鎌〉から成る語である可能性が高い。しかも、さやかな光を放ち天空に輝く彎状の月と研ぎ磨かれることによって光沢を増す鎌は、まさに形状が一致する。そのため「とかま」は、新月もしくは三日月そのものを表象しているのではないかと予測される。(5)

〈表1〉は、概ね三分される諸説をまとめたものである。また〈表2〉と〈表3〉は、古代歌謡や『万葉集』の「さ渡る」と「渡る」の総数を示したうえで、二七番歌謡と同様に「に」を上接語とする「渡る」の構文上の法則性を探る観点から分類したものである。なお、鳥が動作主となる〈〜にさ渡る〉は三例あって、当該の歌謡を除く二例の「に」は、時間と場所を認定する助詞として各々一例ずつ使用されている。〈表3〉からも明らかなように、格助詞「に」の認定するものは「場所」が最も多く、ついで「時」「人物」の順である。しかし、人物についての「に」は恋の継続を表す「恋ひ渡る」に限られている。留意すべきは、鳥が動作主(主語)の場合、格助詞「に」は「場所」か「時」を認定し、それ以外の用例をみない事実である。場所に関する格助詞「に」は、それぞれ「潮干の潟」「山の際《ま》」「秋津辺」「田蓑の島」に「鶴《たづ》」「秋沙《あきさ》」「呼児鳥《よぶこどり》」などの鳥が渡ることを表している。一方、時に関する例は、「ゆふべ」や「よひ」に「雁」や「霍公鳥」

〈表1〉

	斗迦麻	久毘	注釈書類
A	利鎌	杙	○厚顔抄（契沖） ○古事記伝（本居宣長） ○古事記新講（次田潤） ○古事記和歌略注（賀茂真淵） ○稜威言別（橘守部） ○古事記評釈（中島悦次）
B	鋭鎌（鵠のさ渡る様を譬えるとする）	鵠	○記紀歌謡集全講（武田祐吉） ○古事記大成（倉野憲司） ○日本古典文学大系古事記（倉野憲司） ○記紀歌謡全註解（相磯貞三） ○日本古典全書古事記（神田秀夫・太田善麿） ○古事記全講（尾崎暢殃） ○記紀歌謡評釈（山路平四郎） ○日本古典文学全集古事記（荻原浅男・鴻巣隼雄） ○古事記全註釈（倉野憲司）
C	鋭罠に	鵠	○立命館文学65号―古事記の「ひさかたの天の香具山」の歌の解（宮嶋弘） ○日本古典文学大系古代歌謡集（土橋寛） ○古代歌謡全注釈（土橋寛） ○鑑賞日本古典文学古事記（上田正昭・井手至） ○新潮日本古典集成古事記（西宮一民） ○古事記歌謡全訳注（大久保正） ○日本思想大系古事記（青木和夫・石母田正・小林芳規・佐伯有清）

〈表2〉

作品＼例	さ渡る 総数	さ渡る 「に」を伴う例		渡る 総数	渡る 「に」を伴う例	
記紀歌謡	1	1	(1)	5	–	–
風土記歌謡	–	–	–	2	2	–
万葉集	6	2	(2)	196	64	(14)
神楽歌	–	–	–	1	1	(1)
風俗歌	2	–	–	2	1	–

＊（　）内は、鳥が動作主（主語）であるものの用例数を示す。

〈表3〉

	記紀歌謡	風土記歌謡	万葉集	神楽歌	風俗歌	計
場所	–	2	27	1	1	31
			(9)	(1)		(10)
時	–	–	15	–	–	15
			(5)			(5)
人物	–	–	9	–	–	9
序	–	–	4	–	–	4
その他	–	–	9	–	–	9
計	–	2	64	1	1	68

が「鳴き渡る」表現にあずかっている。少なくとも、〔〜にさ渡る〕が連用修飾語（句）となって、鳥の渡り方や様子を表している例は存在しない。これらのことは「さ渡る」にもあてはまる。したがって『古事記』の倭建歌謡の「とかま」は、「鵠《くび》」が渡る「場所」か「時」を表していると考えられるのである。

序詞《じょことば》（一定の語句を導き、具象化するための表現）とそれに続く被序詞とのイメージの連接や表現の協調性を問題にすることなく、仮に〈表1〉のC説を代表する宮嶋弘氏の見解に妥当性を認め、歌謡の序詞が「鋭くやかましく」飛び渡る意であるとすれば、おそらく「鋭囂《とかま》に」ではなく別の表現を用いたであろう。次の二例は、形容詞が動詞「渡る」を修飾しており、しかもどのように「渡る」のかを表している。これらの例から推し量れば、「鋭くやかましい」様子を表す場合には「鋭囂にさ渡る」ではなく、形容詞「かまし」を用いて「かましくさ渡る」「かましく渡る」のように表現したものと推察される。

○よく渡る（渡）人は年《とし》にもありとふを何時《いつ》の間《ま》にそもわが恋ひにける　（万葉集四・五二三）

○海原《うなはら》を遠く渡り（和多里）て年経《としふ》とも児らが結べる紐解くなゆめ　（万葉集二〇・四三三四）

倭建と尾張の美夜受媛との贈答歌謡において奈良の地にある「天の香具山」が詠まれている理由とその意味についても、諸注釈はしばしば問題にしてきた。わけても倉野憲司『古事記全註釈』は、「尾張での歌に大和の天《の》香具山が出て来るのはしつくりしない」と述べている。しかし、古代「香具山」は、たんに大和の地にある山ではなかった。古代日本人にとって「香具山」は、「天降《あも》り」

伝説と緊密な関係にある神聖な山と認識されていたようである。

鴨君足人香具山歌一首

○天降《あも》りつく　天《あま》の芳来山《かぐやま》　霞立つ　春に至れば　松風に　池波立ちて……

（万葉集三・二五七・鴨君足人）

○倭《やまと》に天加具山《あめのかぐやま》あり。天より天降りし時、二つに分れて、片端は倭の国に天降り、片端は此の土に天降りき

（伊予国風土記逸文）

○ソノ山ノクダケテ、大和国ニフリツキタルヲ、アマノカグ山トイフ

（阿波国風土記逸文）

鴨君足人は、「香具山」を「天降りつく　天の芳来山」と表現しており、また『伊予国風土記逸文』や『阿波国風土記逸文』を通して、各地で「天降り」伝説が伝誦されていたことが知られる。では、尾張の氏族の娘である美夜受媛の「ひは細　たわや腕《かひな》」を導く序詞のなかに「天の香具山」が登場する理由は、どのように説明されるのであろうか。

○み熊野の浦の浜木綿《はまゆふ》百重《ももへ》なす心は思《も》へど直《ただ》に逢はぬかも

（万葉集四・四九六・柿本人麿）

○伊勢の海の磯もとどろに寄する波恐《かしこ》き人に恋ひわたるかも

（万葉集四・六〇〇・笠女郎）

「香具山」と同様「熊野」や「伊勢」も、古代神話の時代から信仰の対象とされた神域であった。また、聖なる地もしくは神威を帯びた事物によって神的属性をシンボライズする手法は、古代歌

謡や『万葉集』において、古代的思考を背景にしながらしばしば用いられている。このような表現こそ、古代の和歌や歌謡に特有の神的属性や神話的要素を内包しており、「古代的象徴表現」と称すべきものではないかと考えられる。とりわけ序詞における「み熊野」や「伊勢」は、神名《かむな》備山《びやま》や神岳と同様、古代日本人がそれに対して抱いた神聖さや畏怖・畏敬の念を象徴的に表している。つまり「み熊野の浦の浜木綿」は、「百重なす」思う心とともに、「重層的序」として神聖で清浄無垢な美しさを具えた女性をも象徴的に表し、一方の「伊勢の海の磯もとどろに寄する波」は、「恐き人」に対する畏敬の念とその人物像をシンボリックに表しているのである。古代日本の歌に生命を吹きこんだ序詞の本質はここにあるといえよう。殊に、古代的な対象把握と象徴機能の特質に迫る山崎良幸『万葉歌人の研究』（九七頁）は、「み熊野の浦の浜木綿百重《ももへ》なす」を「神秘的な美の象徴」と規定している。

「久方の　天の香具山」にも、これらと同様の象徴機能を認める必要があろう。天降り伝説を持つ「天の香具山」が序詞のなかに詠み込まれることによって、地方氏族の娘である美夜受媛には神的属性が付与され、神聖美を具えた女性として表象されることになる。また、古代日本語においては必ずしも格助詞は必要でなかった。とりわけ動詞「渡る」とその上接語との意味的関係は、格助詞を用いなくても理解されたのである。そのため当該歌謡の序詞は、「久方の　天の香具山」を、「鵠（白鳥）」が「とかま（の月）」に「さ渡る」意と把握され、かつ美夜受媛の「ひは細　たわや腕」（被序詞）を具象化する象徴機能を果たしていると考えられる。先に示した『尾張熱田太神宮縁起』（本書八頁）では、「久方の　天の香具山」は「尾張の山と」と表されている。このような相違は、縁起作成当時もはや「天の香具山」の象徴性や序詞の果たす役割が正確に理解できなくなっていたことに起因するのかもしれない。あるいは民間で伝誦されていたのは、「ますげ　尾張の山と　こちごちの　山の峡ゆ……」の歌謡であったとも察せられる。いずれにしろ、『古事記』と『尾張熱田太神宮縁起』それぞれに所収された歌謡の表現のあいだには、記載と口誦《こうしょう》、宮廷歌謡と民謡に相当する質的相違が認められるのである。

　日本語のみならず古代の言語は、一般的に抽象概念を表す語が少なく、その反面具象的な表現や具体的概念を表す語に富んでいる。おそらく「新月」や「満月」は、漢語が輸入されてから後の表現であろうし、「三日月」「十三夜」「十五夜」「十六夜」など数の概念によって「月」を捉える表現も、日本語の歴史からすれば比較的新しいと推察される。[6] それ以前には「月」をどのように表していたのであろうか。満ち欠けしながら形を変える月は、時を知る手段として古代日本人の生活と深く関わっていたはずであり、日々刻々と形を変える「月」を表す個別の名称がなかったとは想定しがたい。少なくとも時を知るうえに必要な月については、それを区別する個別の名称があったものと思われる。その場合、自らの生活と密接に関わる具体物に擬《なぞら》えて表現したであろうことは想像に難《かた》くない。「弓張《ゆみはり》」や「弓張月」はそのなごりであり、中古・中世の文献にはその例が認められる。わけても、『大和物語』にみられる次の例は、この語が実際に使用されていたことを知る手がかりになる。

○同じ帝（醍醐）の御時、躬恒《みつね》を召して……「月を弓張といふは何の心ぞ。其のよしつかうまつれ」とおほせたまうければ
（大和物語・一三二）

『古事記』編纂当時、既に農耕生活の必需品とされていた鉄製の鎌と三日月形の新月とのあいだに形状の共通性を認め、それを「とかま」あるいは「とかまの月」と言ったとしても何ら不自然ではあるまい。実際弥生中期から後期頃、「石庖丁から鉄鎌へと、収穫具のうえで大きな変化がおこった」ようである（近藤義郎『世界考古学体系　2日本Ⅱ』）。管見《かんけん》による限り、研《と》いだ鎌をもって実際に新月を表した例を古代の文献に見出すことはできないが、しかし次のような資料は、月に対するそのような把握と表現が存在しうることの傍証となる。古代日本語においても、漢語「磨鎌」に相当する「とかま」が、三日月形の「新月」を表す語として存在したと推定することは可能であろう。

○日薄風景曠　出帰偃前簷　晴雲如擘絮　新月似磨鎌　田野興偶動
（韓昌黎詩集巻七・晩寄㆓張十八助教周郎博士㆒）

周知のように記紀歌謡は、古代中国文学の影響を受けている。しかし「新月」を表象する「磨鎌」「利鎌」は、記紀歌謡との類似性や影響関係が説かれている唐代以前の『詩経』『楚辞』『漢書』『後漢書』や、『初学記《しょがくき》』『芸文類聚《げいもんるいじゅう》』『北堂書鈔《ほくどうしょしょう》』等の類書はもちろんのこと、『文選《もんぜん》』『玉台《ぎょくだい》新詠《しんえい》』等にもその例をみない。よって「とかま」は、漢語の影響を受けた表現であるよりは、農

耕文化が生み出した古代日本語であり、研《と》ぎ澄まされた彎状の鎌の言語イメージによりながら、新月のさやかな光と形を表象する語と把握される。なお、ドイツ語のSichelも、漢語の「磨鎌」や古代日本語の「とかま(利鎌)」と同様の認識に基づく三日月形の新月を表すことから、月に関するこのような対象把握は、民族や地域を越えた普遍性を持っているともいえる。名詞「とかま(とがま)」の存在は、祝詞《のりと》の「彼方《をちかた》之繁木本《しげきがもと》乎、焼鎌《やきがま》乃敏鎌《とがま》以弖、打掃《はらふ》事之如《ごと》久」(延喜式・六月晦大祓)によっても確認されるのである。

わけても白鳥は、古来聖なる鳥とみなされ、純白の体躯はしばしば人々に清浄無垢《むく》な女性の姿態を連想させたのであった。『近江国風土記逸文』にも、「天の八女、倶に白鳥と為りて、天より降りて、江の南の津に浴みき」といった白鳥伝説が収められている。当該歌謡では、とりわけ序詞において、白鳥が「天の香具山」をさやかな光を放って輝く「とかま」の月(新月)へと飛び渡っていく光景が描出される。あたかも「天をとめ」の昇天を思わせるこのイメージは、そのまま「ひは細　たわや腕」へと流れこみ、神聖・清浄な美夜受媛像をシンボライズするのである。

また「月立ちにけり」は、血の「けがれ」を厭《いと》う表現ではない。結婚するに相応《ふさわ》しい女性に成長した事実が、まず「意須比《おすひ》の裾に、月経著きたりき」と叙述される。それに続く歌謡の末尾の表現「月立ちにけり」は、東征前の倭建との婚約の時には、いまだうら若い「をとめ」であった美夜受媛が、年月を経て生命を宿しうる女性へと成長したことに気付いた倭建の心中表白とみなされる。助動詞「けり」は、「をとめ」から「女」への身体的変化・成長に気づき、その事実を確認したことを表す主体的な判断辞なのである。(7) 倭建の贈歌に応じた美夜受媛は、年月の推移・経過に伴う身体の変化を当然のこととして「諾《うべ》な諾《うべ》な」といい、またそのことを待ち望みつつ「君待ちがたに　我《わ》が着《け》せる　襲《おすひ》の裾《すそ》に 月立たなむよ」と応じている。たしかに「月立たなむよ」は、倭建に早く逢いたい思いに基づく時(月)の経過・推移に対する美夜受媛の希求を含意しているが、この場面ではうら若い「をとめ」が「女」になる初潮の日を待ち望む心の表出に他ならない。この贈答歌謡は、初潮の訪れにまつわる当時の民間歌謡を基に、物語との関連性や美夜受媛像を勘案しつつ改編されたとも考えられる。その際、最も手が加えられ象徴性にすぐれた表現として推敲されたのは、他の古代歌謡よりも洗練された序詞ではないかと考えられる。文献に残る古代歌謡や『万葉集』の歌を通じて、地上のある地点から天界の月へ飛翔する白鳥や鳥を詠じた歌はなく、それが序詞に詠まれた例もみられない。一般に空を飛ぶ鳥の様子は、「雲隠る」や「雲隠りゆく」「天翔る」「(空に)あがる」のように表現されている。そのため「とかま(新月)」に渡る「鵠」により、清浄で神秘的な女性美を表象するこの序詞は、形象化にすぐれているばかりでなく、きわめて独創的な古代日本語による表現といえるのである。

　大和朝廷の倭建と地方氏族の娘・美夜受媛との結婚は、少なくとも、世俗を超越する聖婚としての昇華が必要とされたはずである。東征を果たした大和王権の皇子・倭建の妃となるに相応しい女性として表象する意図のもとに創出されたのが、体躯《たいく》の神聖・清浄美をシンボライズする当該の序詞ではないかと推察される。しかも両者の贈答は、「襲《おすひ》の裾《すそ》」に立った「月」に天界の「月」

を重ねつつそれを媒介として構築されている。これらによって、倭建と美夜受媛との「まぐはひ」には、天界の神婚のイメージが付与されることになるのである。すなわち、「久方の　天の香具山」を純白の「鵠」が「とかま」の月に向って「さ渡る」序詞は、倭建が「枕かむ」とする美夜受媛の「ひは細　たわや腕」を具象化し、神婚譚としての形象化をも可能にしている。つまり、この序詞は、白鳥の持つ清浄さと神聖な香具山さらにその天上に輝く新月の表現効果とが相俟って、倭建の妃たるべき資質を具えた美夜受媛像をシンボライズし、地上の「まぐはひ」を天上の聖婚譚にまで昇華する象徴機能を果たしているのである。倭建命と尾張の美夜受媛にまつわる神婚譚は、こまやかで具象的な『古事記』の叙述と婚儀の夜に二人の間で交わされた歌謡とともに、千数百年を経た今日にいたるまで伝承されている。また『古事記』の贈答歌謡に類する歌謡は、『尾張国熱田太神宮縁起』にも所収されて読み継がれているのである。

なお『日本書紀』には、『古事記』ほど詳細な婚儀の記述はみられず、これに関する歌謡も収められていない。表記のうえでも、『古事記』の「美夜受比売《みやずひめ》」は『日本書紀』では「宮簀媛《みやずひめ》」、また「倭建命《やまとたけるのみこと》」も『日本書紀』では「日本武尊《やまとたけるのみこと》」と表記されている点も見過ごしがたい。

○日本武尊《やまとたけるのみこと》、更尾張《またをはり》に還《かへ》りまして、即ち尾張氏《をはりのうぢ》の女宮簀媛《むすめみやずひめ》を娶《と》りて、淹《ひさ》しく留《とどま》りて月を踰《へ》ぬ。是《ここ》に、近江《あふみ》の五十葺山《いぶきやま》に荒ぶる神有ることを聞きたまひて、即ち剣《つるぎ》を解《ぬ》きて宮簀媛が家に置きて、徒《たむなで》に行《い》でます。

（日本書紀七・景行天皇四〇年）

とりわけ、『古事記』における「尾張国造《をわりのくにのみやつこ》の祖《おや》、美夜受比売」は、『日本書紀』では「尾張氏《をはりのうぢ》の女《むすめ》」とされ、婚儀や結婚の叙述も、先の傍線部のみに過ぎず、『古事記』と比較すると省筆に従っている。「日本武」の妃「宮簀媛」の生家である「尾張氏」は、もとより尾張地方（愛智郡）を本拠とする氏族であるが、大和朝廷と深く関わった古代氏族の一つでもあった。大和王権が東国征服に乗り出した時期、尾張氏は、「日本武」が「宮簀媛」に授けた「草薙《くさなぎ》の剣《つるぎ》」を祀りつつ熱田神宮の神主を世襲することになるのである。(8)

◉──倭建東征の道　『古事記』の東海道と『日本書紀』の東山道

『古事記』と『日本書紀』の叙述の相違は、倭建と美夜受媛の神婚譚（古代神話）のみではない。倭建の東征に関していえば、東山道の「碓日坂」の記述は『古事記』にはみられない。「荒ぶる蝦夷等《えみしども》を言向《ことむ》け」、「山河の荒ぶる神等を平和《やは》して」後に、東海道の「足柄の坂本」に到る。「其の坂の神、白き鹿に化《かな》りて来立《きた》ちき……故《かれ》、其の坂に登り立ちて、三たび嘆かして、『阿豆麻波夜《あづまはや》』と詔云《の》りたまひき。故、其の国を号《なづ》けて阿豆麻《あづま》と謂《い》ふ」と、まず「阿豆麻」（東国）の地名語源説話を記し、これに続いて「其の国より越えて、甲斐《かひ》に出《い》でまして」との展開をみせる。

このような『古事記』と『日本書紀』における経由地や叙述の相違について、『日本古典文学大系　日本書紀』は、「記では甲斐から直ちに科野（信濃）国に越えたとあり、碓日坂の地名はみえず、『吾嬬はや』の話も足柄の坂本（相模国）でのこととする」（三〇七頁）としている。また『新編日本古典文学全集 日本書紀』は、「記は東海道をアヅマとする（『常陸国風土記』も同じ）のに対し、紀は東山道をアヅマと考えていた」（三八〇頁）と説き、「記も、甲斐国（山梨県）より科野《しなの》国（長野県）に入り科野の坂の神を言向《ことむ》けて尾張国に入る」（三八一頁）と注している。これらの注解や先行研究を考慮に入れながら、『古事記』と『日本書紀』の表現に即しつつ、倭建（日本武）東征の行程の相違を示すと、おおよそ次のようになる。

『古 事 記』 ……尾張→相模→上総→蝦夷→相模→足柄坂（足柄の坂本）→甲斐・酒折宮→科野→科野之坂→尾張

『日本書紀』 ……尾張→駿河→相模→上総→陸奥→蝦夷→日高見→常陸→甲斐・酒折宮→武蔵→上野→碓日坂（碓日嶺）→信濃→信濃坂→美濃→尾張

特筆されるべきは、『日本書紀』のこの箇所には、「信濃坂」や「信濃国」（『古事記』では「科野の坂」「科野国」）の山容が、古代神話的な思考や漢籍の表現を背景にして詳しく記されていることである。正史としての『日本書紀』は、東海道よりもむしろ「東山道」を前面に押し出して東征関連の記事を叙している。また、その記述も細密精緻《せいち》かつ政治的色彩が濃厚である。

○故《かれ》、碓日嶺《うすひのみね》に登りて、東南《たつみのかた》を望りて三《み》たび嘆きて曰《のたま》はく、「吾嬬《あづま》はや」とのたまふ。故因《よ》りて山の東《ひむがし》の諸国《もろもろのくに》を号《なづ》けて、吾嬬国《あづまのくに》と曰《い》ふ。是《ここ》に、道を分《くば》りて、吉備武彦《きびのたけひこ》を越国《こしのくに》に遣《つかは》して、其《そ》の地形《くにかた》の嶮易《ありかた》及び人民《おほみたから》の順不を監《み》察しむ。則ち日本武尊、信濃《しなの》に進入《いでま》しぬ。是《こ》の国は、山高く谷幽《ふか》し。翠《あを》き嶺《たけ》万《とほ》重《くかさな》れり。人杖倚《ひとつゑつか》ひて升《のぼ》り難《がた》し。巌嶮《いはほさが》しく磴紆《かけはしめぐ》りて、長《たか》き峯《たけ》数千《ちぢあまり》、馬《うま》頓轡《なづ》みて進《ゆ》かず。(9)

然るに日本武尊《やまとたけるのみこと》、烟《けぶり》を披《わ》け、霧を凌ぎて、遥《はるか》に大山《みたけ》を径《わた》りたまふ。既《すで》に峯に逮《いた》りて、飢《つか》れたまふ。山の中《うち》に食《みをし》す。山の神、王《みこ》を苦《くるし》びしめむとして、白き鹿《かせき》と化《な》りて王《みこ》の前に立つ。王異《あやし》びたまひて、一箇蒜《ひとつのひる》を以《も》て白き鹿に弾《はじきか》けつ。則《すなは》ち眼《まなこ》に中《あた》りて殺しつ。爰《ここ》に王、忽《たちまち》に道を失《まど》ひて、出《い》づる所を知らず。時に白き狗《いぬ》、自《おの》づからに来《まうき》て、王を導きまつる状《かたち》有《あ》り。狗に随《したが》ひて行《い》でまして、美濃《みの》に出づること得つ。

(日本書紀七・景行天皇四〇年)

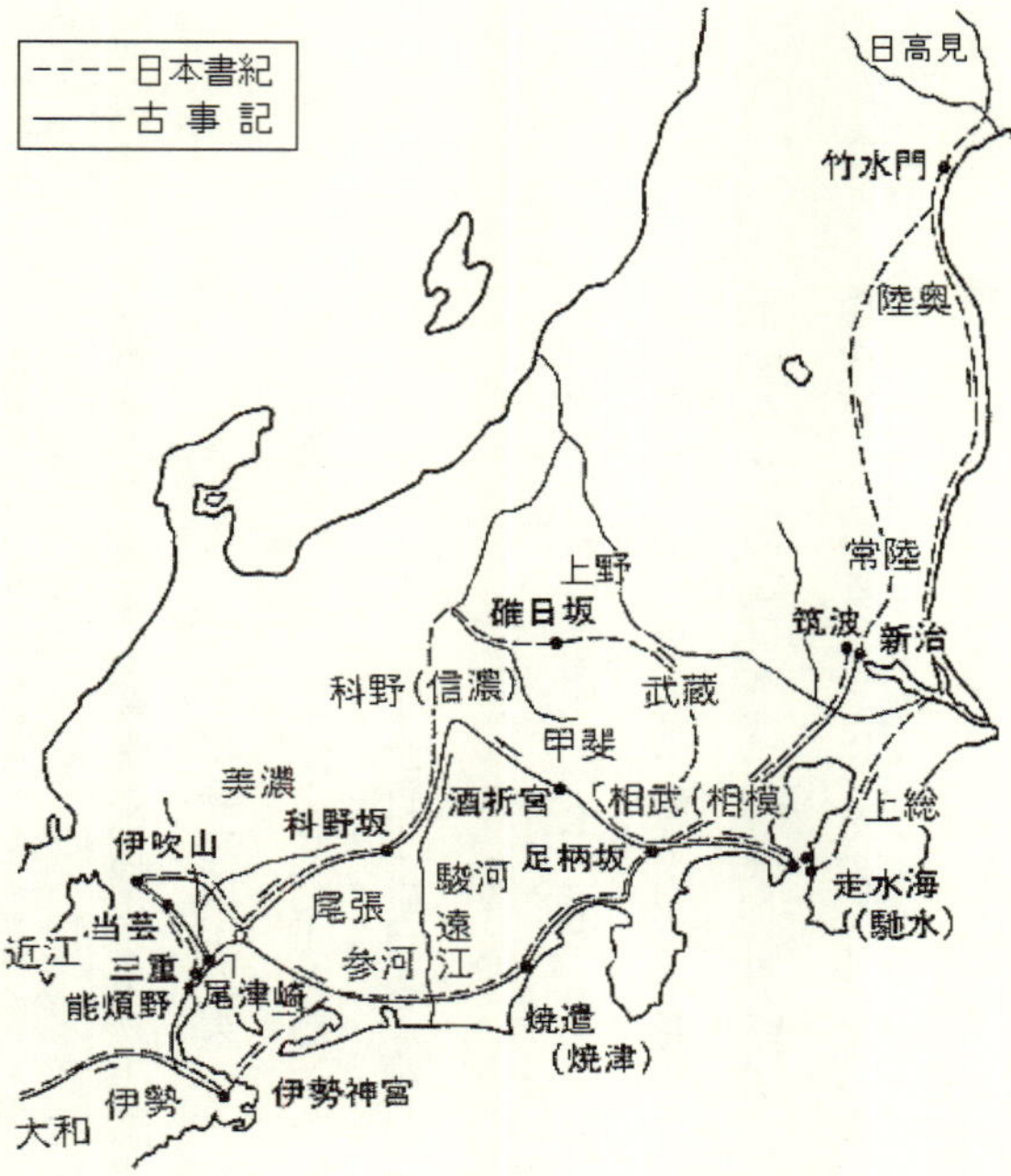

『静岡県史 通史編1 原始・古代』「日本武尊東征経路」より

神坂神社と霊木（左が峠への道）

◉——『万葉集』防人歌と「神の御坂」

東国から筑紫へと向かった防人らもまた、大君の命に従い峻険な難所を越えたのであった。『万葉集』巻二〇には、「天平勝宝七歳（七五五年）乙未の二月、相替りて筑紫に遣はさるる諸国の防人等の歌」が八四首収められている。そのうちの一首、信濃国の防人「主帳埴科《しゆちやうはにしな》郡神人部子忍男《かむとべのこおしを》」の歌には「神の御坂」（現神坂峠）が詠まれており、この歌を通して神坂峠での古代祭祀の様子や無事を祈る防人の姿が想像される。(10)

①ちはやぶる神の御坂《みさか》に幣奉《ぬさまつ》り斎《いは》ふ命は母父《おもちち》がため(11)

（万葉集二〇・四四〇二）

〔知波夜布留　賀美乃美佐賀尓　奴佐麻都里　伊波布伊能知波　意毛知ゝ我多米〕

ところで、防人の歌は巻二〇に九三首収められている。巻二〇所収の防人歌は、「天平勝宝七歳乙未二月、相替遣二筑紫一諸国防人等歌」八四首に加えて、「昔年防人歌」八首「昔年相替防人歌」一首から成り、巻一四にも「防人歌」と題する歌が五首みられる。さらに巻一三には、「但或云、此短歌者、防人之妻所レ作也。然則応レ知二長歌亦此同作一焉」との左注を持つ歌（短歌・長歌各一首）がある。ただし、巻二〇の防人の歌のうち「信濃国」の歌は①〜③の三首である。

②韓衣《からころむ》裾に取りつき泣く子らを置きてそ来《き》ぬや母《おも》なしにして

（万葉集二〇・四四〇一・国造小県《くにのみやつこちひさがた》郡の他田舎人《をさだのとねり》大島）

③大君の命《みこと》かしこみ青雲《あをくむ》のとの引《び》く山を越《こ》よて来《き》ぬかむ　（万葉集二〇・四四〇三・小長谷部《をはつせべ》笠麿）

①の歌と相前後して、母を失い「裾に取りつき泣く子ら」を置いて出立した②の舎人《とねり》や、③「大君の命」により急峻な信濃の山を難渋しながら越えて来た防人の歌が収められているのである。これらの歌には、「埼」を「守る」任を帯びて難波に結集し、筑紫へと向かわなければならなかった「防人」らの苦難や別離の情が、信濃の国の方言を交えて生々しく表現されている。

しかし、平安時代中期以降「神の御坂」は祈りを捧げる難所としての実在感を失う。遠方より眺める「山の高嶺」もしくは絵画的な空間へと変化するに伴って、和歌表現も観念的なものと化し、やがて歌枕「園原」を彩る一つの景になっていった。何より次のような歌が、そのことを証している。

為善朝臣、三河守《みかはのかみ》にて下《くだ》り侍りけるに、墨俣《すのまた》といふ渡りに降りゐて、信濃のみさかを見やりてよみ侍りける

④白雲の上より見ゆるあしひきの山の高嶺《たかね》やみさかなるらん　（後拾遺九・五一四羇旅・能因法師）

信濃の御坂のかた書きたる絵に、園原といふ所に旅人宿りて立ちあかしたる所を

⑤立ちながらこよひは明けぬ園原や伏屋《ふせや》といふもかひなかりけり

（新古今集一〇・九一三羇旅歌・藤原輔尹）

「渉信濃坂」碑

◉——平安文学の「園原」と「帚木」

旅人のための宿泊施設（広拯院《こうじょういん》）が設けられた「園原」は、貧素な東国の旅の宿り（布施屋《ふせや》／伏屋）に育つ「帚木《ははきぎ》」のイメージが定着し、「伏屋に生ふる帚木」としての形象化が試みられ、和歌や物語のジャンルに少なからぬ影響を及ぼした。

すなわち、遠方からはその姿が確認できるが、近づくと見えなくなるという伝説上の「帚木」は、逢うことの可否・有無の形象化にあずかり、坂上是則《さかのうえのこれのり》の「ありとてゆけど（ありとは見えて）逢はぬ」（平定文家歌合「不会恋」・新古今集「恋歌一」）の表象する恋のイメージを醸《かも》し出す表現として生彩を放っている。なお坂上是則は、百人一首に「朝ぼらけ有明の月と見るまでに吉野の里に降れる白雪」（古今集六・三三二）を収めている。平安時代には、日本初の勅撰漢詩集『凌雲集』（八一四年）に坂上忌寸今継《さかのうえのいみきいまつぐ》の「渉信濃坂（信濃坂を渉《わた》る）」が所収され、「園原」周辺は私撰集・勅撰集を問わず広く和歌に詠まれるようになる。

　　渉信濃坂　　信濃坂を渉《わた》る
○積石千重峻　　積石千重峻し
　危途九折分　　危途九折分る
　人迷辺地雪　　人は迷ふ辺地の雪

帚木の残滓とひこばえ

馬躡半天雲　馬は躡《ふ》む半天の雲
岩冷花難笑　岩は冷やかにして花笑き難く
渓深景易曛　渓深くして景曛《く》れ易し
郷関何處在　郷関何れの處にか在らむ
客思転紛紛　客思転《うた》た紛紛

（凌雲集・坂上今継[12]）

やがて「園原」は、『枕草子』の「原は」の一六段と一一三段で称揚されるほどに和歌的な言語イメージを喚起する空間となり、信濃の国の「園原」は歌枕としての定着をみる。

○原は、みかの原、あしたの原、園原。（枕草子一六段）

○原は、あしたの原、粟津の原、篠原、萩原、園原。（枕草子一一三段）

平安後期の歌論書『俊頼髄脳《としよりずいのう》』は、「園原伏屋」にあるとされた「帚木」の幻想性を、「よそにて見れば、庭掃く帚に似たる木の梢の見ゆるが、近く寄りて見れば失せて」と説き、また当時既に伝承上の木としてその存在が確認できなくなっていたことを、「この頃見たる人に問へば、さる木も見えずとぞ申す」と記している。なかでも『袖中抄《しゅうちゅうしょう》』は、延喜五年（九〇五）に披講された可能性の高い平定文（平中）歌合所収の坂上是則の歌を引きつつ、「件《くだん》の木は美濃信濃の両国の堺、園原ふせやと云所にある木なり」、「然《しかれ》ば、ありとは見れど逢はぬ物にたとへ侍る」と記しており、「園原」の「帚木」を歌人達が和歌として形象化した経緯や言語イメージを知る手がかりとなる。(13) ただし、帚木伝説が本来担ったイメージは、掛詞的連想や和歌技法に導かれてしだいに変容を遂げる。特に、平安後期の勅撰集『後拾遺和歌集』になると、逢うことの可否や存在の有無・かそけさの枠を超えて、「帚木」に「母」のイメージが揺曳しはじめ、「園原」には「腹」を掛けつつ「はらから」や「その腹」の連想をも呼び覚ますのである。

不会恋

○園原や伏屋《ふせや》に生《お》ふる帚木《ははきぎ》のありとてゆけど逢はぬ君かな　（左兵衛佐定文歌合二八・坂上是則）

東《あづま》よりある男まかりのぼりて、先々物言ひ侍りける女のもとにまかりたりけるに、いかで急ぎのぼりつるぞなど言ひ侍りければ

○をろかにも思はましかば東路《あづまぢ》の伏屋といひし野辺に寝なまし　（拾遺集一八・一一九八雑賀、よみ人知らず）

伯耆《はゝき》の国に侍りけるはらからの音し侍らざりければ、便《たよ》りにつかはしける

○行かばこそ逢はずもあらめ帚木のありとばかりはおとづれよかし　（後拾遺集一五・八七六雑一・馬内侍）

はらからなどといふ人の、忍びて来むといひたる返り事に

○東路の園原からは来たりとも逢坂《あふさか》までは越さじとぞ思ふ　（後拾遺集一六・九四一雑二・相模）

父の信濃なる女を住み侍りけるもとにつかはしける

○信濃なる園原（その腹）にこそあらねども我《わが》はゝき木と今はたのまん

（後拾遺集一九・一一二七雑五・平正家）

承暦二年内裏歌合に、紅葉をよめる

○帚木の木末やいづくおぼつかなみな園原は紅葉しにけり　（金葉集三・二四四秋・源師賢）

平定文家歌合に

○園原や伏屋《ふせや》に生《お》ふる帚木《ははきぎ》のありとは見えて逢はぬ君かな

（新古今集一一・九九七恋歌一・坂上是則）

かくて平安中期から後期の和歌において、歌枕「園原」と「伏屋（布施屋）」の「帚木（母木々）」は独創的な表現世界を築き、平安後期から中世の勅撰集・私撰集にいたるまで類想的で叙景的な表現を留めながら、日本文学の和歌のジャンルに一種の作品群を形成したのである。各ジャンルのそれぞれの作品は、日本古典文学の歴史のなかにあって、当地ならではの個性や独自性をそなえている。しかし、それらを汲み上げながら頂点をきわめた作品は、「園原の帚木」をベースにした『源氏物語』の空蝉物語を措いて他にはないであろう。

「帚木」歌碑

三　『源氏物語』に息づく「帚木」

●――「消えず立ちのぼれる」空蟬像

『源氏物語』の作者は、平安貴族らが「園原」に対して抱いた和歌的イメージや幻想の「帚木伝説」「白鳥処女説話」「天人女房譚」などを背景に文芸の新たな創造を試みている。すなわち「園原の道にあやなくまどひぬる」光源氏と空蟬との恋物語を紡ぎ出し、「あるにもあらず消ゆる」空蟬造型に関与しているのである。特に、光源氏とのはじめての逢瀬の折の空蟬は、物語中ほかに例のない「消えまどへる気色」と表現されている。しかも、動詞「消ゆ」は空蟬造型に深く関わるキーワードとして、「身の憂さを嘆く」空蟬の形象化にあずかっているのである。また、光源氏にとって空蟬は、「人に似ぬ心様《こころざま》のなほ消えず立ちのぼれりけるとねたく、かかるにつけてこそ心もとまれ」と思われる女性でもあった。[14]

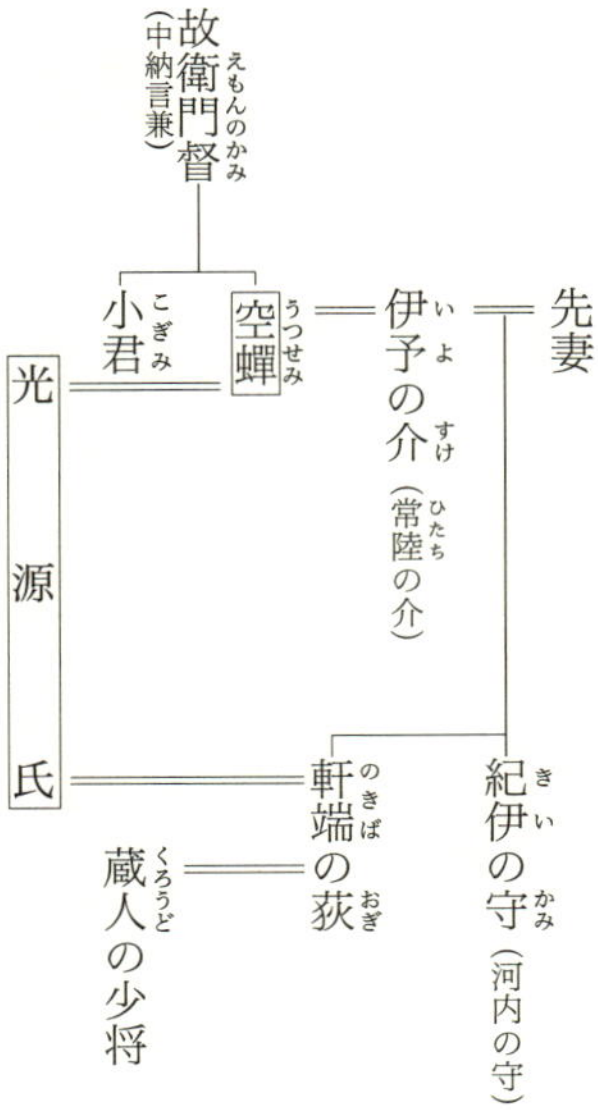

源氏「帚木の心を知らで園原の道にあやなくまどひぬるかな
聞こえん方こそなけれ」とのたまへり。女も、さすがにまどろまざりければ、
空蟬「数ならぬ伏屋に生ふる名の憂さにあるにもあらず消ゆる帚木」と聞こえたり。
……例の人々はいぎたなきに、一所《ひとところ》、すずろにすさまじく思し続けらるれど、人に似ぬ心様《こころざま》のなほ消えず立ちのぼれりけるとねたく、かかるにつけてこそ心もとまれと、かつは思しながら、めざましくつらければ、さばれと思せども、さも思しはつまじく……

（源氏物語・帚木187～188、数字は小学館『日本古典文学全集』の頁数を示す。以下同じ）

〔（和歌既述略(9頁)）……いつものようにお供の人はぐっすり寝入っているなかで、源氏の君ただ一人は、無性《むしょう》にやりきれなくお思いであったが、女（空蟬）の比類なき心の持ちようが、やはり存在感を失うことなく気位の高いままであることを思うと妬ましく、このような状態であるからこそ気にかかって忘れられないのだと、まずはお思いになりながら、（女の態度が）許しがたく薄情でもあるので、どうにでもなれ……と君はお思いになるけれども、そのように女を思いきることもできず……〕

源氏と空蟬のあいだで交わされた右の贈答歌は、まさに坂上是則の「園原」「帚木」「伏屋」をベースとして、「あるにもあらず消ゆる帚木」に空蟬像を重ね、二人の恋のありようを表象する新たな和歌表現によっている。信濃の国の「園原」（下伊那）の森にあるとされる「帚木」の伝説と和歌のイメージを背後に揺曳《ようえい》させながら形象化された空蟬物語は、[15]従前の逢うことの有無を超えて、実態・内実の捉えがたさおよび人間存在の有無・可否をも問いながら、手中におさめがたい「あやしき」恋物語としての展開をみる。初めての逢瀬《おうせ》の折にも空蟬は「消えまどひ」（帚木巻）、

その後も身を隠しつつ「生絹《すずし》なる単衣《ひとえ》をひとつ着てすべり出」る（空蟬巻）。源氏の前から「消え」「隠れ」て内奥や実態を「隠し」、ひたすら「つれなく」装う造型は独創的ともいえる。

『源氏物語』において「あるにもあらず」という表現は二例のみであり、空蟬の詠歌「あるにもあらず消ゆる帚木」以外の一例は、大君が亡くなったあと「後れじと思ひ惑ひ給へる」中の君の造型に関与している（総角巻）。また、存在の有無に関する「あるかなきか」も一〇例認められる。殊に、死に直面した桐壺更衣のさまは、「あるかなきかに消え入りつつものし給ふ」（桐壺巻）と表現されているのである。「蜻蛉」の巻の薫の独詠歌「ありと見て手にはとられず見ればまたゆくへも知らず消えし蜻蛉《かげろふ》」については、既に『湖月抄』が「此歌の心は、大君浮舟などの、はかなくてうせ給へる事を思ひつづけて、此かげろふにおもひよそへてよめり。畢竟人間世界無常のありさまを観じ給へる也」（師）と説いている。これに続く薫の表白「あるかなきかの」も、『後撰和歌集』所収の「あはれとも憂しとも言はじ蜻蛉のあるかなきかに消《け》ぬる世《よ》なれば」（一六・一一九二）や「世の中と言ひつるものか蜻蛉のあるかなきかのほどにぞありける」（一八・一二六四）などを背景に、存在のはかなさを「蜻蛉」に喩《たと》えつつ表象している。

　これに対して空蟬は、既存の「帚木」のイメージに拠《よ》りながらシンボライズされ、その一方で「消えず立ちのぼれりける」女性として描かれているのである。とりわけ、存在の有無・可否に関わる当該の「あるにもあらず」は、「いとかやうなる際は際とこそ侍なれ」と言い放ち、「数ならぬ身」を自覚しながら「たぐひなき有様」の「まばゆき」貴公子と向き合う女自身を表象した贈答歌中の表現である。王朝貴族社会において「中の品」の女達は、存在しつつも存在自体が否定され人間的価値も認容《にんよう》されない立場に置かれ、常に自己存立の危うさにさらされていた。したがって、空蟬が自らを表象するべく詠じた「あるにもあらず消ゆる帚木」に関しては、王朝貴族社会の身分制度や身意識に基づく表現としての把握が求められることになる。そのため、「数ならぬ身」意識や貴公子の「思《おぼ》し下《くだ》しける御心ばへ」による男女関係から解き放たれた時、「あるにもあらぬ」存在のはかなさやかそけさは影を潜《ひそ》め、内に秘めたしなやかな「心強さ」と「思ひあがれる」プライドに立脚した、実質的存在感を獲得するのである。

源氏三六歳の正月を最後として、空蟬に関する叙述は『源氏物語』から完全に消失する。しかし、出家した空蟬の姿はなお「あはれに見え」て、光源氏に「昔より心憂かりける御契りかな」「をりをり重ねて心まどはし給ひし」「かくいと素直にしもあらぬものを」「かくもて離れたることと思すしも、見放ちがたく思さるれど」（初音）との未練や執着を抱かせるのである。

もちろん、空蟬物語の背後に揺曳するのは「帚木伝説」をはじめ、「帚木」の巻における女性談義「雨夜の品定め」[16]、伝統的「空蟬」の古歌に由来する「むなしき殻（恋）」や蟬の脱殻・脱衣、あるいは「泣（鳴）きわび」「泣（鳴）き恋ふ」和歌的イメージ[17]、さらには空蟬が「脱ぎすべし」た「小袿《こうちき》」を天の羽衣と重ねる「白鳥処女説話」「天人女房譚」などの話型であり[18]、これらのモチーフやイメージに言及した論考は枚挙に遑《いとま》がない。

だが、従来の卓越した論考に寄りすがりながら空蟬物語を読み進める時、一つの疑問が湧《わ》き起

〈表4〉『源氏物語』の「消ゆ」関連語一覧（90例）

品詞	語形	数	語	用例数	備考
動詞	消ゆ	39	消《き》ゆ	37	▼「消《き》ゆ」各活用形
			消《け》ゆ	2	▼連用形「消《け》」2例
	消え～	39	消え入る	14	
			消え失す	8	▼浮舟（消失）4例
			消えかへる	4	
			消え残る	4	
			消え果つ	2	▼紫の上・大君の死各1
			消え堪《か》つ	1	
			消えとまる	1	
			消えまどふ	1	▼空蝉（源氏との逢瀬）
			消えもていく	1	
			消え行く	1	
			消えわたる	1	
			斑《まだら》消ゆ	1	
	～消ゆ	3	思ひ消ゆ	2	
			うち消ゆ	1	
名詞	消え	2			▼消えをあらそふ・知らぬ
	消え～	6	消え方《かた》	1	
			消え所《どころ》	1	
			出で消え	3	
			雪消え	1	
他	消えせぬ	1			▼連語「消えせぬ（ほど）」

注　＊——は、宮島達夫編『古典対照語い表』（笠間書院）所収の一四作品中『源氏物語』のみの語。

こるのである。すなわち、「帚木伝説」通りの造型であるならば、近づくと「消ゆ」べきところ、実際には「消えず」しかも「立ちのぼれる」空蝉とは一体どのような女性であるのか。その実像と恋の帰結に着目しつつ、漸層《ぜんそう》的かつ対比的手法によって構築された表現を正確に理解することは、話型をあてはめる読解以上に重要ではないだろうか。

〈表4〉は、『源氏物語』の「消ゆ」関連語すべて九〇例を品詞別に分類し、語形ごとにまとめたものである。逢瀬の時の空蝉を動作主とする「消えまどふ」を、「消ゆ」の複合動詞の体系のなかに位置づけると、この表現の独自性が鮮明になる。また「消ゆ」のうち人事に関するものは七七例あるが、それらを人物別に分類すると〈表5〉のようになる。五七例（七四％）が女性関係であるのに対して、男性関係は二〇例（二六％）に過ぎないことから、「消ゆ」関連語は、おおむね女性の存在や心性、命・死などを対象として使用されていることが知ら

〈表5〉「消ゆ」人物関係（人事77例）の分類

女性(57例)	紫の上	6	▼命・死6例(危篤2例・死去1例含)
	浮舟	6	▼存在の消失5例・命1例
	大君	6(＊2)	▼命・死5例(＊死後の追慕2例否定)・存在の消失1例
	女三の宮	4	▼命2例・存在・身の消失2例
	空蟬	3(＊1)	▼存在の消失2例・＊心様1例(「消えず立ちのぼれりける」)
	玉鬘	3	▼命・心・所の消失各1例
	六条御息所	3	▼死・様・感情の消失各1例
	落葉宮	3	▼死3例
	尼君(若紫)	3	▼命・死3例
	朧月夜	2	▼命・身の消失各1例
	末摘花	2	▼有様・衣装の価値の消失各1例
	若き御達・人々(女房等)	2	▼魂・羞恥心の消失各1例
	女(一般的)	2	▼筆勢・存在(玉笹の上の霰)各1例
	その他の女性(各一例)	12	▼桐壺更衣・藤壺・夕顔・葵の上・＊明石の君・秋好中宮・＊中の君・鬚黒北の方・侍従右近(浮舟付)・弁(柏木付)・小宰相の君(女一の宮付)・物のけ
男性・人(20例)	柏木	4(＊1)	▼命・死・罪業各1例・＊遺言の筆跡1例
	八の宮	2	▼命・死各1例
	源氏	1	▼身の消失1例
	夕霧	1	▼存在の消失1例
	薫	1	▼命1例
	螢兵部卿	1	▼玉鬘への恋心1例
	桐壺院	1	▼遺言1例
	明石入道	1	▼命1例
	左近少将	1	▼人間性1例(出で消え)
	安倍おほし	1	▼かぐや姫への恋心1例
	男(一般・法師含)	3	▼存在感・霊魂・魅力の消失各1例
	人(一般)	3	▼存在(感)の消失3例

注　＊は否定の例

れる。さらに空蟬を主体とする「消ゆ」三例が、物語の主要人物である紫の上をはじめ浮舟・大君の各六例、女三の宮四例につぐものであるとともに、空蟬の「心様《こころざま》」に関する「消えず立ちのぼる」の特異性や独自性もうかがわれる。ちなみに空蟬に関する三例は、いずれも光源氏との逢瀬にまつわる「帚木」の巻で使用されている。ところで、「消ゆ」を前項とする複合語は「消え入る」が一四例と最も多く、ついで「消え失す」八例、「消えかへる」「消え残る」各四例の順である。藤壺の死が「灯火などの消え入るやうにて」と表象されるのに対して、紫の上と大君の死には「消え果つ」が用いられており、「消え果つ」二例がこれら二人の女性の死を表現するために用意された重要な語であることも判明する。さらに、「消え失す」八例中四例は浮舟失踪に関わる表現であって、浮舟関係の六例のうち五例までが自身の消失を表していることから、「消ゆ」は浮舟の存在や失踪とも無関係ではないことがわかる。したがって「消ゆ」関連語は、とりわけ女性のありようや存在そのものを規定する語として、物語において見過ごすことのできない役割を果たしていると考えられるのである。人物各論などの詳細はさて措《お》き、当面の課題である空蟬関係の三例を記すことにする。

○消えまどへる気色《けしき》いと心苦しくらうたげなれば、をかしと見給ひて（帚木175）
○数ならぬ伏屋《ふせや》に生《お》ふる名の憂さにあるにもあらず消《き》ゆる帚木《ははきぎ》（帚木187）
○人に似ぬ心様《こころざま》のなほ消えず立ちのぼれりけると、ねたく（帚木188）

さて、中納言兼衛門督《えもんのかみ》の娘である空蟬は、『源氏物語』五四帖中七帖（帚木・空蟬・夕顔・末摘花・関屋・玉鬘・初音）に描かれる「中の品」の女性の一人である。[19]「帚木」の巻での「雨夜の品定め」を受けつつその直後に登場するのであるが、源氏と空蟬との出逢いは、「方違《かたたが》へ」のために訪れた紀伊《きい》の守《かみ》邸において現実のものとなる。

空蝉に対する光源氏の関心を誘発したのは、「雨夜の品定め」で頭中将が語った「中の品」の女の意志や矜持《きょうじ》、さらには上流の女性達とは異なる特性であった。「しめやかなる宵の雨」の降る夜、貴公子達はみずからの体験に基づいて、「上の品」の女性よりもむしろ中流階級の女にこそ、予想外の個性的な魅力が具《そな》わっていることを次のように談ずる。

○人の品高く生まれぬれば、人にもてかしづかれて、隠るること多く、自然《じねん》にそのけはひこよなかるべし。中の品になん、人の心々おのがじしの立てたるおもむきも見えて、分かるべきことかたがた多かるべき。下のきざみといふ際《きは》になれば、ことに耳立たずかし。（帚木134）

右の発言に続けて左馬頭は、「いといたく思ひあがり」、矜持の念を持って生きる「中の品」の女の「思ひの外」の魅力について語る。(20)

○いといたく思ひあがり、はかなくし出でたることわざもゆゑなからず見えたらむ、片《かた》かどにても、いかが思ひの外《ほか》にをかしからざらむ」（帚木137）

「上の品」の女性の優位性を排してまでも彼らがよしとする女性談義は、これまで「品高く生まれ」た女性達と深く関わりながら生きてきた一七歳の若き貴公子の好奇心をくすぐり、折しも紀伊の守邸に居合わせた「中の品」の空蝉への興味・関心を喚起したのであった。

○かの中の品にとり出でて言ひし、このなみならむかしと思し出づ。思ひあがれる気色に、聞きおき給へるむすめなれば、ゆかしくて耳とどめ給へるに、この西面にぞ人のけはひする。衣《きぬ》の音なひはらはらとして、若き声ども憎からず。（帚木170）

この時、既に空蟬は伊予《いよ》の守《かみ》の後妻となっており、一時は「宮仕へ」の噂もあった女性の零落した有様は、「世こそ定めなきものなれ」との感慨を源氏に抱かせた。高ぶる心を抑えかねた源氏は、その夜「中の品」の女・空蟬の「隠れたる方」を探し当て、「ただこの障子口筋違ひたるほどにぞ臥したる」空蟬との逢瀬を果たそうと迫る。若き貴公子は「年ごろ思ひわたる心のうち」を語るが、空蟬は「消えまどひ」「思ひまどひ」「死ぬばかりわりなく」思い、受領の後妻となった「数ならぬ」わが身を憂えて拒み続けた。源氏は表向き真剣な恋を装いつつ言いなだめ、「あながちなるすき心はさらにならはぬを……かくあはめ奉るもことわりなる心まどひを、みづからもあやしきまでなん」と空蟬にささやく。その直後、「心苦しくはあれど、見ざらましかば口惜しからまし」との思いから、強引ともいうべき「仮なる浮寝」の契《ちぎ》りを結ぶことになる。

○みな静まりたるけはひなれば、掛《か》け金《がね》をこころみに引き開け給へれば、あなたよりは鎖《さ》さざりけり。……［源氏が空蟬の］けはひしつる所に入り給へれば、ただひとりいとささやかにて伏したり。……空蟬「人違へにこそ侍るめれ」と言ふも息の下なり。消えまどへる気色《けしき》いと心苦しくらうたげなれば……あさましう、こはいかなることぞと思ひまどはるれど、聞こえん方なし。……空蝉「現《うつつ》ともおぼえずこそ。数ならぬ身ながらも、思《おぼ》し下《くだ》しける御心ばへのほどもいかが浅くは思う給へざらむ。いとかやうなる際《きは》は際《きは》とこそ侍《はべ》なれ」とて、かくおし立ち給へるを深く情《なさけ》なく憂《う》しと思ひ入りたるさまも、げにいとほしく心恥づかしきけはひなれば……空蝉「いとかく憂き身のほどの定まらぬありしながらのわが身にて、かかる御心ばへを見ましかば、あるまじきわが頼みにて見直し給ふ後瀬《のちせ》をも思ひ給へ慰めましを、いとかう仮《かり》なる浮き寝のほどを思ひ侍るに、たぐひなく思う給へまどはるるなり。よし、今は見きとなかけそ」とて思へるさま、げにいとことわりなり。（帚木174〜180）

逢瀬の夜は慌しく明ける。源氏と空蝉の心の機微や内面までをも細やかに描く右の叙述の後に、場面の転換をはかるべく六音節から成る短文「鳥も鳴きぬ」が続く。後朝《きぬぎぬ》の折、受領の後妻となったわが身に不相応な源氏との逢瀬を嘆き、夜明けとともにあざやぎを増す源氏の貴公子姿を眼前にするにつけても「まばゆき心地し」て、空蝉は「身の憂さを嘆くにあかで明くる夜はとりかさねてぞねもなかれける」と詠じて慨嘆するよりほかなかった。一方、邸に帰った光源氏は、「かの人の思ふらん心のうちを」思い遣《や》りながらも、「雨夜の品定め」の際の「中の品」の女性談義を想起し、「すぐれたることはなけれど、めやすくもてつけてもありつる中の品かな、隈なく見あつめたる人の言ひしことは、げに」（帚木巻）と実感する。やがて、空蝉の弟・小君を介しての二人の「あやしき」関係が始まるのである。

ところで、空蟬は「よろしく聞こえし人」（帚木巻）ではあるが、決して豊かな肉体や華やかな美質をそなえている訳ではない。むしろ女としての美貌や豊麗さに欠ける女性であることがイメージされるように、「痩せ痩せ・小さし・小さやか・ささやか・こまやか」などの語をもって描出され、[21]「わざと見ゆまじうもてなし」「さやかにも見せず」ひたすら「ひき隠し」、「いといたうもてつけ」ている。源氏自身の目にも「すぐれたることはなけれど、めやすくもてつけてもありつる中の品かな」（帚木巻）「にほはしき所も見えず、言ひ立つればわろきによれる容貌《かたち》」（空蟬巻）「うちとけたりし宵の側目《そばめ》には、いとわろかりし容貌ざまなれど、もてなしに隠されて口惜しうはあらざりきかし」（末摘花巻）と映るのである。また、その気立てや心遣い・性質は、「人がらのたをやぎたるに、強き心をしひて加へたれば、なよ竹の心地してさすがに折るべくもあらず」（帚木巻）「心ばせのなだらかにねたげなりし」（末摘花巻）女性として描かれている。しかも、「思ひあがれる」矜持の念を支えとして「あやしう人に似ぬ心強さ」（夕顔巻）を内に秘めた女性でもあった。殊に、行き届いた心遣いや思慮深さは、出家後も「なほ心ばせありと見ゆる人のけはひ」（初音巻）と表現され、終生変わることがなかったのである。

「自己の存在」の基盤を失い、「存在の不安」に駆られて貴公子・光源氏の求愛を拒否する空蟬造型については、既に山田利博氏の論「『源氏物語』における『拒否する』女性達」並びに「拒否する女性・空蟬」がある（『中古文学論攷』第四・五号、早稲田大学大学院中古文学研究会）。藤田加代氏も、『源氏物語の「表現」を読む』所収の「『空蟬』の物語」において「自負」と「自卑」のはざまで惑い心揺れる空蟬像に着目し、「異常に強い自意識」とは対照的な「肉体的存在感の希薄さ」が「ひそやかな魅力」と「姿を消しそうな」予感を喚起することを説いている。既に諸家が指摘しているように、反実仮想の構文〔～ましかば～まし〕〔～未然形＋ば～まし〕、逆接・逆態の構文〔～ど～〕〔～ものから～〕、さらには〔～や～む〕〔～や～まし〕〔～さすがに～〕などを多用しながら、受領の後妻であるわが身をかえりみつつ逡巡《しゅんじゅん》し、屈折・背反《はいはん》する空蟬の苦衷《くちゅう》を表している。まさに、文の構造の正確な把握と文法的事実への洞察が求められるゆえんでもある。

○［空蟬は］めでたきこともわが身からこそと思ひて、うちとけたる御答《いら》へも聞こえず。［逢瀬の折の光源氏の］ほのかなりし御けはひありさまは、げになべてにやはと、思ひ出《い》で聞こえぬにはあらねど、をかしきさまを見え奉りても、何にかはなるべき、など思ひ返すなりけり。君は思しおこたる時の間《ま》もなく、心苦しくも恋しくも思し出づ。思へりし気色《けしき》などのいとほしさも、晴るけん方なく思しわたる。（帚木185）

○［空蟬の］心の内には、いとかく品定まりぬる身のおぼえならで、過ぎにし親の御けはひとまれる古里《ふるさと》ながら、たまさかにも待ちつけ奉らば、をかしうもやあらまし。しひて知らぬ顔に見《み》消《け》つも、いかにほど知らぬやうに思すらむと、心ながらも胸いたくさすがに思ひ乱る。（帚木187）

空蟬自身、光源氏に魅了されているにもかかわらず、深慮と意志のもとに源氏への思いを断ち切ろうとしている。何より「いとかく品定まりぬる身」であることを噛みしめながら、受領の後妻となる前に源氏の寵愛《ちょうあい》を受けた場合を思い描いているのである。しかしそれは叶《かな》わぬこと。「をかしうもやあらまし」は、自問し心揺れつつ高ぶり時めく心を仮想の内に封じ込めようとする思惟《しい》の表出に他ならない。(22) 右の一文に続く「とてもかくても、今は言ふかひなき宿世《すくせ》なりければ、無心《むじん》に心づきなくてやみなむと、思ひ果てたり」が、空蝉の宿世観を如実《にょじつ》に物語っている。さらに、伊勢御（伊勢集）の歌に託して空蝉巻末に記された空蝉の苦衷も、独詠歌として「御畳紙の片つ方」に記されたまま「空蝉」の巻は幕を閉じる。(23)

○空蝉の羽《は》におく露の木《こ》がくれてしのびしのびにぬるる袖かな　（空蝉205）

他に例のない巻末表現は、「空蝉」のイメージを残像として新たな物語へと転ずる。当初、この女が担った「帚木」のイメージは、「生絹《すずし》なる単衣《ひとへ》をひとつ着てすべり出《い》で」、光源氏が「かの脱ぎすべしたると見ゆる薄衣《うすぎぬ》をとりて出で給ひぬ」（空蝉巻）事件を機に、蝉の脱皮・脱殻のイメージへと変容し、「白鳥処女説話」「天人女房譚」を背後に揺曳《ようえい》させながら、直ちに「空蝉」の名の由来となるのである。その後「かの薄衣」は、源氏のもとに置かれ空蝉をしのぶよすがともなった。暫《しばら》くは、「小袿《こうちき》のいとなつかしき人香《ひとが》に染《し》めるを、身近く馴らして」（空蝉巻）いたのであるが、やがて空蝉が夫に伴って伊予の国へ下向する際に、光源氏から空蝉に返却された（夕顔巻）。

源氏に対して終始冷淡を装う空蝉の様は、作者の視点では「つれなき人」と評され、一方の源氏は「あのつらき人」「かく執念き人」と認識している。(24) しかも、決して心を許そうとしない「かのうれたき人の心をいみじく思す」（空蟬巻）のである。「思ひあがれる」中の品の女としてのプライドと矜持の念、またそれに起因する「身」意識と堅固な意思に基づく自己抑制（対源氏）ゆえに、終生、光源氏の心を捉えて離すことはなかったといえる。

かつて、「数ならぬ身」と「憂き身の程」を思い知らされ、「身の憂さ」を嘆くよりほかなかった空蟬にとって、光源氏は「つきなく」「まばゆく」直視することもできない存在であった。しかし、出家後の空蟬は一層思慮深く、源氏が気恥ずかしさを覚えるほど凛《りん》とした佇《たたず》まいを見せる。「帚木」の巻で描かれる初めての逢瀬の時には、源氏によって「思《おぼ》し下《くだ》」される「数ならぬ身」の女であったが、もはや軽率な扱いをすることも、「はかなき」戯れ言を口にすることも不可能なほどの存在感を漂わせるようになるのである。たしかに初見の時も、空蟬は「心恥づかしきけはひ」（帚木巻）であった。伊予下向時、「かの小袿」を餞別《せんべつ》として返された際にも、空蟬は「音は泣かれけり」と詠じながら気丈《きじょう》に振舞っている。源氏もまた「あやしう人に似ぬ心強さにてもふり離れぬるかな」（夕顔巻）と、他の女性にはない意思の堅固さを看取している。この表現は、帚木の巻の「人に似ぬ心様のなほ消えず立ちのぼれりけるとねたく」を漸層的に受けたものである。やがて、出家を契機として空蟬は実質的な存在感を具え、「もの深く恥づかしげ」な様相を呈するにいたる。空蟬は、かくて内実ともに、自己存立の危うさからの脱却を図るのである。

○いにしへよりもの深く恥づかしげさまさりて、かくもて離れたることと思すしも、見放ち

がたく思さるれど、はかなき言《こと》を宣《のたま》ひかくもあらねば……　（初音151）

「身の憂さ」と「言ふかひなき宿世」を嘆く必要もなくなった今、「自負と自卑」のはざまでたゆたい、自己存立の危うさに身をさらしたかつての空蟬の「はかなき」姿は、まったく認められない。自らを高く持して生きた「中の品」の「思ひあがれる」女のプライドは、このようにして保持された訳である。「帚木」の巻の「人に似ぬ心ざまのなほ消えず立ちのぼれりける」を伏線として、光源氏一七歳よりほぼ二〇年にわたる空蟬との「あやしき」恋物語は、「初音」の巻をもって終章を迎える。「ねたし」「めざましくつらし」（帚木巻）「あさましくつれなし」（夕顔巻）と思わせつつ光源氏を翻弄し、「負けてやみなんを、心にかからぬ折なし」（夕顔巻）「負けてやみにしかなと、ものの折ごとには思し出づ」（末摘花巻）ほどに、忘れがたい女の一人となって源氏の心を占有し続けたのである。(25) このような関係性は、王朝貴族社会の身分制度のもとで「中の品」の女の宿世に弄されながらも、「思ひあがれる」プライドを貫いた空蟬の悲願に基づく愛の形であったといえよう。

●──『源氏物語』以降の文芸と「園原」

『源氏物語』の影響のもとに成立した『狭衣物語』は、「園原」に既存の「その原」とともに飛鳥井の女君の「その腹」を掛け、「帚木」には「母」のイメージをも付与している。また「伏屋」は、旅行く人の宿泊施設としての粗末な「布施屋」（わが子が育つ賤しい家・母の出自の低さ）を具象化しているのである。懐妊後失踪した飛鳥井の女君が「東《あづま》の方《かた》へ」との噂を聞いた狭衣大将は、女君と生まれてくるわが子を憂慮している。

〇東《あづま》の方《かた》へと聞きしを、さることもしあらば、伏屋《ふせや》に生ひ出《おい》でんさまなど、なほ御心にかかりて、我が御心、宿世《すくせ》のほど口惜《くちを》しう思《おぼ》し知らる。

狭衣　園原と人もこそ聞け帚木のなどか伏屋に生ひはじめけん　（狭衣物語・一）

右の一首は、わが子の出生と母の出自の低さを悲嘆する詠歌である。「園原」「帚木」「伏屋」の担う言語イメージにすがり、掛詞を巧みに駆使しながら、『源氏物語』の空蟬の身意識と「園原の伏屋」による造型を継承しつつ、その一方で『源氏物語』の空蟬物語とは別の物語を紡ぎ出すべく、新たな造型を企図した展開を見せている。「園原」の「伏屋に生ふる帚木」に関しても、王朝の雅《みやび》から逸脱したイメージが一層増幅されている点において、この表現は歌枕「園原」の平安後期ないしは中世的享受と再構築の先蹤と考えられる。

さらに説話文学においても、一一二〇年頃成立の『今昔物語』巻二八の三八話に、「信濃守《しなののかみ》藤原陳忠《ふぢはらののぶただ》、落入御坂語《みさかにおちいること》」の詳細が記されている。「御坂ヲ越ル間ニ、多ノ馬共ニ荷ヲ懸ケ」進み、「懸橋《かけはし》」に至り「後足《しりあし》ヲ以テ踏折《ふみをり》」、谷底へ「逆様《さかさま》ニ」馬に乗ったまま「落入《おちい》リヌ」のさいに、かろうじて助けられた守《かみ》が、平茸を手に上がってきた時の言葉は、「受領ハ倒《たふ》ル所ニ土ヲ爴《つか》メ」であった。ここには、任国で財力を貯え台頭しつつあった当時の受領の逞《たくま》しさとしたたかさが描かれており、今日の「転んでもただでは起きない」に相当する迫力がこもっている。

○今昔《いまはむかし》、信濃ノ守《かみ》藤原ノ陳忠《のぶただ》ト云フ人有ケリ。任国ニ下《くだり》テ国ヲ治テ、任畢《はて》ニケレバ上《のぼり》ケルニ、御坂ヲ越《こゆ》ル間ニ、多ノ馬共《ども》ニ荷ヲ懸ケ、人ノ乗タル馬員不知《かずしら》ズ次《つづ》キテ行ケル程ニ、多ノ乗タル中ニ、守ノ乗タリケル馬シモ、懸橋《かけはし》ノ鉉《はた》ノ木後足《しりあし》ヲ似テ踏折《ふみをり》テ、守、逆様《さかさま》ニ馬ニ乗乍《のりなが》ラ落入《おちいり》ヌ。

（今昔物語二八・三八話）

和歌文学における「園原」の「帚木」や神坂峠をめぐる表現の変遷については、本書の一の「王朝人にとっての『園原』」に譲るが、中世にいたると「園原」は、観念的な歌枕ないしは「園原の伏屋／布施屋」のイメージを喚起する和歌空間となる。つまり、生き生きとした古代日本文学の表現力と息づかいは、平安中期以降中世にかけての和歌技法の洗礼を受けて一度昇華されるが、その一方で表現の類型化や定式化がもたらされる。絵画化された歌材や叙景的想念に基づく表象は、リアリティーの欠如に伴って観念的表現と化し、やがて東山道の衰退とともに生命力を失うことになるのである。

「園原」の地は、平安時代から中世にかけて、近づけば消えるという「帚木伝説」に基づく是則歌「……帚木のありとてゆけど……」を創始としつつ、逢うことの有無や可否が形象化の対象とされた。なかでも『源氏物語』の空蝉造型を通して存在と非存在のあいだでたゆたい肯定と否定のはざまでゆらめく新たな「帚木」のイメージを生む。やがて「母木々」「その腹」や「木賊《とくさ》」の連想をも呼び覚まし、絵画的な和歌や物語空間へと転ずるのである。その過程で、形象化や構築の方法に類型性が生じ、リアリティーに欠ける観念的表現と化しはするものの、新たな素材・着想・イメージに導かれてジャンルを広げながら、数百年のあいだ、独自の文芸をはぐくみ続けたといえる。

結び

古代東山道「園原」にまつわる文字文化は、雅《みやび》な都の文化と鄙《ひな》びた東国の文化、さらには畿内と東国の境に立ちはだかる神坂峠の麓という地域性に基づく魅力を蔵している。東山道を行き交う旅人にとって神坂峠は、碓氷峠以上に峻険な難所であった。古代祭祀遺跡から出土した日本最古の祈りの品々が、そのことを物語っている。多くの旅人が命がけで峠を越えた厳しい自然環境が、古代神話の時代から他とは異なる独自の文学創造のエネルギーを醸成し、和歌や物語、説話や謡曲等の独創的文芸を生み出したのではないだろうか。神坂峠の遺跡から古代日本人の祈りの形や古代信仰を看て取るとすれば、『古事記』『日本書紀』の叙述や『万葉集』の歌を通して、古代神話の時代から受け継がれた古代日本人の祈りの心と古代的思考の方法が浮き彫りにされる。

『源氏物語』においても、空蟬と光源氏との関係が「帚木伝説」や「白鳥処女説話」「空蟬」（歌語）が担う和歌的イメージを背景としつつ、「園原」の「あるにもあらず消ゆる帚木」が内包する想像力を生かしながら巧みに構築されている。空蟬は、『源氏物語』五四帖中「帚木」「空蟬」等七帖に登場し、一度は光源氏も逢瀬を果たす。しかし受領の後妻となったわが身を憂え、源氏に惹かれながらもあえて「つれなく」装うことを決意する。そのため精神性においては、生涯源氏の意のままにならず、結果的には手中に収めがたい女性の一人として描かれている。

光源氏を拒否する女の物語は、空蟬のみならず朝顔の姫君や玉鬘などにも認められる。末摘花や明石の君らも、源氏の求愛に容易に応じようとはしない。[25] 薫を拒み続けた大君もまた、拒否する女の一人である。このようななかで空蟬物語は、「園原の伏屋に生ふる身の憂さ」「あるにもあらず消ゆる帚木」「空蟬の身をかへてける」「空蟬の羽におく露」をモチーフとして、「思ひあがれる」女のプライドや矜持《きょうじ》ゆえに「自負と自卑」のはざまでたゆたう女性の造型を可能にしている。わけても、存在の有無・可否に関わる「あるにもあらず」は、「いとかやうなる際《きは》は際《きは》とこそ侍なれ」と言い放って、「数ならぬ身」を自覚しながら「たぐひなき有様」の貴公子と向き合う女を表象する上に効を奏している。王朝貴族社会において「中の品」の女達は、存在しつつも存在そのものが否定され、人間的価値も認容されない立場にあって、常に自己存立の危うさにさらされていた。したがって、「あるにもあらず消ゆる帚木」は、空蟬が自らをシンボライズするべく詠じた光源氏への答歌に用いられているが、王朝貴族社会の身分制度や身意識に基づく非存在の表現としての把握が求められるのである。

留意すべきは、身体的なささやかさや存在のかそけさを秘めつつも、出家によって空蟬が「ものの深く恥づかしげさまさりて」もはや「はかなき言を宣ひかくべくもあらぬ」存在感を具えることとである。最終的には、源氏と居並ぶ凛とした存在感を獲得するにいたる。実際「消ゆる帚木」は、光源氏によって「消えず立ちのぼれりける」と認識され、初《はつ》の逢瀬の際にも「心恥づかしきけはひ」を漂わせていた。しかも物語は、折に触れて気丈で意思堅固な内面を披瀝しつつ、「数ならぬ身」意識を根底とする存在のはかなさからの脱却へ向けて展開されている。つまり、『源氏物語』における「園原の伏屋に生ふる帚木」に関する新たな創造は、「消えず立ちのぼれりける」空蟬造型において達成され、「中の品」の女と「まばゆき」貴公子との二〇年にわたる恋の帰結に収斂《しゅうれん》するべく漸層的かつ対蹠《たいしょ》的に描出されているのである。

中世以後も「園原」一帯は、日本古典文学から完全に姿を消すことはなく、和歌はもちろん謡曲「木賊《とくさ》」にも登場する。しかし、近世になると東山道はその役割を終える。街道が東山道から中山道へと移り変るとともに、文学を育む揺籃《ゆりかご》であった「園原」や急峻な神坂峠（神の御坂・信濃の御坂・信濃坂・科野の坂・木曽の御坂）は、もはや新たな文字文化を生み出す地ではなくなった。かつて命を賭《と》して神坂峠を越え、東山道を行き来した旅人の切なる祈りの心は、他に類例のない峠の古代祭祀遺跡を残し、『万葉集』の防人の歌にその片鱗《へんりん》を残した。また、遠方よりこの地を望み幻想的「帚木」伝説に魅了された平安貴族らも、類想的歌枕のイメージに拠りつつ文字文化を培ってきた。古代的思考に支えられた神話時代の産物をも含めて、都人らの創出した「園原」周辺に関する文字文化遺産は、古代から中世にかけての日本文学の基層を成している。しかも、時代の変遷や生活・文化・価値観の移り変りを反映しつつ、常に新たな文芸を創造し、古代神話や歌謡から和歌・歌物語・説話文学、さらには謡曲へとジャンルを広げながら、折あるごとに再構築されてきた。そうであればこそ、「古代東山道」によって培われた古典文学作品の真価を見直し、次代へと継承する営みがより一層重要になるのである。

注

（1）「防人」は古代律令制のもとで、大陸への防備のため壱岐・対馬・九州北部沿岸部に遣わされた兵士をいう。六六三年に白村江での大敗後、東国を中心に諸国から三年交代で兵士が徴集された。「是の歳に、対馬島・壱岐島・筑紫国等に防人《さきもり》と烽《とぶらひ》とを置く」（日本書紀二七・天智天皇三年〈六六四〉）。「防人制度の沿革と概要」や防人歌の全貌については、水島義治『萬葉集防人歌の研究』参照。

（2）『日本書紀』天武天皇一四年〈六八五〉七月の条には、「東山道《やまのみち》は美濃より以東、東海道《うみのみち》は伊勢より以東の諸国の位《くらゐ》有らむ人等に、並に課役《えつき》を免《ゆる》せ」とある。それに先立ち、中央と地方の交通を整備し円滑に統治するべく「大化の改新」において、「初めて京師《みさと》を修め……関塞《せきそこ》・斥候《うかみ》・防人《さきもり》・駅馬《はいま》・伝馬《つたはりうま》を置き、鈴契《すずしるし》を造り、山河を定めよ」との「詔」が下されている。ただし、七道の整備が完了し駅制が制定されたのは、「大宝律令」が施行された七〇二年以後のようである。物資移送の量や人の往来状況に応じて、七道は大路《たいろ》（山陽道）中路《ちゅうろ》（東海道・東山道）小路《しょうろ》（北陸道・山陰道・南海道・西海道）に三分され、駅制に従って三〇里（約二〇km）ごとに一駅を設置した。

なお『続日本紀』和銅六年〈七一三〉五月の条には、風土記撰進の命とともに、「畿内と七道との諸国の郡《こほり》・郷《さと》の名は、好《よ》き字を着けしむ」との地名表記改正の下命が記されている。

（3）『続日本紀』元明天皇和銅七年〈七一三〉二月条には、「閏二月戊午の朔、美濃の守《かみ》従四位下笠朝臣麻呂に封《ふう》七十戸、田六町を賜ふ。少掾正七位下門部連御立、大目従八位上山口忌寸兄人に、各位階を進む。匠従六位上伊福部君荒当に田二町を賜ふ。吉蘇路を通すを以てなり」とある。

（4）古代東山道の神坂峠一帯には、「神坂断層」「神坂神社断層」他大小幾つかの断層が存在し、地質も非常に脆く崩れやすい。市澤英利『東山道の峠の祭祀・神坂峠遺跡』は、「神坂峠越えの道（東山道）は、自然災害に対して弱い場所に設置された道で、このことも神坂峠越えが難所となった一因ともいえよう」と説く（一四頁）。実際、平安時代にも、峠の道はしばしば崩落・潰壊したことが『日本紀略』や『扶桑略記』に記されている。「東国民烟為㆑風多損。信濃御坂壊」（日本紀略・円融天皇天延三年〈九七五〉七月）「信濃国言㆓上神御坂霖雨間頽壊事㆒」（扶桑略記・後冷泉天皇康平一年〈一〇五八〉一二月）。

（5）詳細は、拙著『古代的象徴表現の研究』第五章一「神聖・清浄な女性美の形象化――久方の　天の香具山　とかまに　さ渡る鵠（記二七）」（八一～一〇三頁）参照。なお、三浦茂久『古代日本の月信仰と再生思想』第六章「古代月信仰と天照国照彦（天）火明命」も、「とかま」を新月と捉えた上で、「利鎌とあるから石包丁ではなく、鉄の鎌であると思うが、その形が三日月形をしている。この歌ではクグヒは新月の空を渡って行くのだから、結句の『月立ちにけり』が生きてくる」と説く（二三〇頁）。

（6）大野晋『文法と語彙』も、「日本語のヤマトコトバには実際、抽象名詞が極めて少ない」ことを指摘しており、「漢語の輸入以後において抽象名詞を使う思考方法を拡大した事情」について論じている（「日本人の思考と日本語」中「抽象名詞が少ないこと」二六～三〇頁）。

（7）山崎良幸『日本語の文法機能に関する体系的研究』第四篇第一五節「助動詞」の「けり」の意味（三六一頁）参照。

（8）静岡県編『静岡県史』は、「伊勢を起点に、尾張氏は東山道の入り口をおさえ（七世紀後半の天武朝では尾張国は東山道に属していた）、物部氏は三河・遠江以東の東海道を支配していた」と説く（「大和王権と遠江・駿河・伊豆の古代氏族」三五七頁）。

（9）『日本書紀』の峻険な信濃国の表現「山高谷幽、翠嶺万重。人倚レ杖難レ升。巌嶮磴紆、長峯数千、馬頓轡不レ進」に関しては、諸注釈とも初唐の虞世南の「獅子賦」における「巌磴深阻、盤紆絶峻、翠嶺万重、瓊崖千仞、馬頓レ轡而莫レ升、車摧レ輪而不レ進」との類似性を指摘している。また、『文選』巻二六陸士衡「赴レ洛道中二首」には「頓レ轡倚二嵩巌一」とあって、李善注は「頓《ハ》猶レ舎如也」とする。『日本書紀』には、この後に「是より先に、信濃坂《しなののさか》を度《わた》る者《ひと》、多《さは》に神の気《いき》を得て瘼《を》え臥《ふ》せり。但《ただ》白き鹿《かせき》を殺したまひしより後《のち》に、是の山を踰《こ》ゆる者は、蒜《ひる》を嚼《か》みて人及び牛馬《うしうま》に塗る。自づからに神の気に中《あた》らず」との記述が見られる。しかも、多少『日本書紀』の叙述とは齟齬があるものの、当地では今日なお日本武《やまとたける》伝説に由来する「白き鹿」「白き狗（犬）」「蒜（ニラ）」の伝承が息づいている。

（10）『令義解』巻五「軍防令」第一七には、「守《ルヲハ》レ辺《ヲ》者、名《ク》二防人《ト》一」とあり、また「主帳《ニハ》者、取《テ》下工《ナル》二於書算《ニ》一者上為《ス》レ之《ヲ》」に続いて「謂。兵満《ツ》二一千人《ニ》一者主帳二人。以外者《ハ》一人」との割注がある。

『倭名類聚鈔』巻七によると、「信濃国」は「伊那郡・諏訪郡・筑摩郡・安曇郡・更級郡・水内郡・高井郡・埴科郡・小縣郡・佐久郡」から成り、「伊那郡」には「輔衆　伴野土毛乃　麻績美乎　福智布久知　小村乎無良」の地名が見られる。『万葉集』巻二〇左注の「埴科郡」と「小縣郡」に属する地名は、各々「倉科久良之奈　礒部伊曽倍　舩山布奈也末　大穴於奈保　屋代也之呂　英多衣太　坂城佐加木」と「童女乎無奈　山家也末加　須波　跡部　安宗安曽　福田　海部安末無倍　餘戸」である。

さらに信濃国の防人歌三首の左注には、「二月廿二日、信濃国防人部領使上レ道得レ病不レ来、進歌数十二首。但拙劣歌者不レ取二載之一」とあり、上進歌のうち三首が採録されたことに加えて（採録率二五％）、信濃国の防人の引率・輸送を司る「部領使《ことりづかひ》」は出発後病気になり、筑紫へ向かう前に集結するべき難波に到着しなかったこともうかがわれる。

（11）西宮秀紀『律令国家と神祇祭祀制度の研究』第一章「日本古代社会に於ける『幣帛《ミテグラ》』の成立」は、『古事記』『日本書紀』『風土記』『万葉集』の「和幣」「幣帛」「幣」などの漢字表記例および「ニキテ・ミテグラ・ヌサ・マヒ」などの和訓例を精査・検討の上、古代日本社会における「ヌサ」と「ミテグラ」の相違を明確にし、古代天皇制のもとでの権力構造と令制的な「ミテグラ」との関係について論じている。なかでも『万葉集』の「ヌサ」を詠む一九例については、奉る対象を峠神・神（社）各五例、天地神・他の神各三、海神二例、瀬神一例と規定し、「峠神の例が多いのは、峠を越えることが多く危険性が高かったため」としている。しかも、「ヌサを含んだ歌は、長屋王、石上乙麻呂、藤原宇合、大伴家持といった中央官人から、防人や遊行婦といった民衆にいたる幅広い階層が使用している」ことを指摘し、「日本古代社会においては、民衆が神への捧げ物をする場合に、ヌサと呼ばれていたもの、すなわち麻・布の類を捧げたのであり、天皇の神祭りには、天皇がミテグラを献上した」ことを明らかにしている（三二一～三六四頁）。

(12)「渉信濃坂」は、『本朝一人一首』巻二八四にも収められており、同一の漢詩に続いて、次のような左注が付されている。「林子曰、余京洛東武往還数回。共是経㆓東海道㆒而、未㆑歴㆓東山道㆒、則不㆑嘗㆓信濃之険㆒。然往往聞㆓人所㆒㆑語、廼知、此詩是有声之画也」。

(13)『俊頼髄脳』は、「園原や」の歌について「信濃の国に園原伏屋といへる所あるに、そこに森あるを、よそにて見れば、庭掃く帚《ははき》に似たる木の梢の見ゆるが、近く寄りて見れば失せて、皆常盤木《ときはぎ》にてなむ見ゆると言ひ伝へたるを、この頃見たる人に問へば、さる木も見えずとぞ申す。昔こそはさやうにありけめ」と説く。また『袖中抄』第一九にも、「昔、風土記と申文《ふみ》見侍しにこそ、此帚木《このははきぎ》のよしは大略見侍しか。されど年久《ひさ》にまかり成て、はかぐ〳〵しくも覚え侍らず。件《くだんの》木は美濃信濃の両国の界、園原ふせやと云所にある木なり。遠くて見れば、帚木を立てたる様にて立てり。近くて見れば、それに似たる木もなし。然《しかれ》ば、ありとは見れど逢はぬにたとへ侍《はべる》」とある。『風土記』逸文の「信濃国」（『日本古典文学大系』）は、『袖中抄』に基づくこの「帚木」を所収。

(14)『無名草子』（一一九六～一二〇二年頃）には、「『空蟬は、源氏にはまことにうち解けず、うち解けたりと、とりどりに人の申すは、いかなることにか』と言ふ人あれば、『帚木』といふ名にて、うち解けざりけりとは見えて侍るものを。悪しく心得て、さ申す人々も時々侍るなめり」とある。

(15)『源氏物語』の地名考証については、長谷彰久「源氏物語の風土」（『源氏物語の地理』二五～四二頁）に詳しい。氏は国別出所例（地名数）を整理したうえで、「『能因歌枕』（広本）所載の歌枕のほかに『勝地通行』所載二十一代集中の地名を加えると、大部分網羅されてしまっていて、物語の創作にあたり歌名所なるものが如何に大きな意味を有していたかが、おのずから明白となって来るであろう」と力説している。その一方で、「花山天皇から一条天皇にかけての時代は、漸く倭絵が完成し、唐絵と違った独自の手法で屏風絵（名所絵）が盛んに描かれていたが、紫式部がこうした絵画からのみ諸国の歌枕を想像していただけだったら、到底『源氏物語』は書けなかった」として、「越前往復の旅では、少なくとも幾つかの歌枕をつぶさに体験することができ、古歌と合わせて自らの述懐をさえなしとげた。それは、彼女の風土観に一つの転機をもたらした貴重な体験だった」ことも指摘している。

(16)「帚木」の巻の「雨夜の品定め」における左馬頭の女性論と貴公子達の四つの体験譚および物語構築の手法については、山崎良幸「源氏物語を精確に読むということ」(『日本語の語義と文法』)参照。

(17)藤田加代「『空蟬』の物語——空蟬造型の特異性について」(『源氏物語の「表現」を読む』)。ただし、「帚木」が本来担ったイメージは、掛詞的連想や和歌技法に導かれてしだいに変容を遂げる。特に、平安後期の勅撰集『後拾遺和歌集』になると、逢うことの可否や存在の有無・かそけさの枠を超えて、「帚木」に「母」のイメージが揺曳しはじめ、「園原」には「腹」を掛けつつ「はらから」や「その腹」の連想をも喚起するようになる。また、平安後期から中世にかけて実在性は希薄になり、遠方よりの眺めとしての観念的景や名所絵・屏風絵によりながら詠じられた題詠歌が散見されるようになる。和歌の素材としての「園原」や「帚木」は、時に「信濃坂」「木曽の御坂」の点景ともなっている。その作品は、平安初期から中世にいたるまで史的変遷を遂げながら詠み継がれ、特色ある歌群を形成している。詳細は、本書一の「王朝人にとっての『園原』」参照。

(18)「白鳥処女説話」については風巻景次郎「源氏物語の成立に関する試論」があり(『風巻景次郎全集』第四巻)、この説に立脚した論考としては高崎正秀「源氏物語私論——空蟬の場合」(『高崎正秀著作集』第六巻)、島内景二「源氏物語における表現とその基盤——匂宮・空蟬・大君をめぐって」(『国語と国文学』五八巻七号、一九八一年)並びに「話型研究と素材研究の可能性」「空蟬の造型をめぐって」(『源氏物語の話型学』)、山田利博「『源氏物語』における『拒否する』女性達——その「存在感覚」について」「拒否する女性・空蟬——その造型と第三部への発展性」(『中古文学論攷』第四・五号、早稲田大学大学院中古文学研究会、一九八三・一九八四年)、藤田加代「『空蟬』の物語——空蟬造型の特異性について」(前掲書)、竹内正彦「天人女房譚」(『源氏物語事典』)などが挙げられる。

(19)「品」は、階層や等級、人品・品位を表す語である。平安貴族社会においては、特に人の「品」が重視され、身分や家柄の質的相違に基づいて「上・中・下」の三品に分けられた。「中の品」は四・五位の殿上人や受領(国主)層に相当する。秋山虔編『王朝語辞典』は、『源氏物語』の「帚木」の巻の「雨夜の品定め」における三分類に言及しつつ、「この物語では確かに、『中の品』を基点としてその座標を上下するかのような女君たちが、人物像として生彩に語られている」(小林正明「なか」の項)と説く。

(20)中古語「思ひあがる」は、「自負や矜持の念を持ちながら、自己を高いものと認識する行為の表現」と把握される。『源氏物語』における「思ひあがる」の分析と「中の品」の女の矜持については、拙考「源氏物語『思ひあがる』『思ひのぼる』考」(『文学論叢』第九九輯、愛知大学文学会、一九九二年)。

(21)藤田加代、前掲書第四章「『空蟬』の物語——空蟬造型の特異性について」は、「『ささやか』『ちひさし』『ちひさやか』『ほそやか』のすべてを用例に持つ人物は他になく、これが空蟬造型の一つの特徴であろう」と規定した上で、「小柄でほっそりときゃしゃな、しかも存在感の薄いひそやかな外観を持つ女性だということになる。その印象は『やせやせ』の用例を得て、一層強調されるのである。……肉体的部位を意図的に隠し、肉体的魅力を意図的にそぎ落とした感すらあるのが空蟬造型なのである」として、むしろこの造型が「異常に強い自意識や揺れざわめく女の情念を際立って目立たせる。同時に、肉体的存在感の希薄さが、人を魅惑してやまぬひそやかな魅力と『姿を消しそうな』予感にも結びつく」ことを論じ、「空蟬は、その意識構造と情念のみが鮮明で、『ありとてゆけどあはぬ』『ちかづくままにかくれゆく』存在の不確かな女人だったのである」と結んでいる（二五七〜二八八頁）。

なお、空蟬物語の展開・内容や人物造型については、従前より『今昔物語』巻三〇第一話「平定文、仮借本院侍従語」における「女ナル《なよよか》衣一重《きぬひとかさね》ヲ着テ聳臥タリ。頭様《かしらざま》・肩ツキヲ掻探《かきさぐ》レバ、頭様細《ほそ》ヤカニテ」や「女起テ、上ニ着タル衣ヲバ脱置《ぬぎおき》テ、単衣《ひとへ》・袴許《はかまばかり》ヲ着テ行ヌ」などとの類似性が指摘されている。

(22)〔や〜まし〕〔や〜む〕の構文と意味については、『源氏物語注釈』三（山崎良幸・和田明美他、二〇〇二年）中「末摘花」「葵」（執筆分担筆者）二八・二二七頁、並びに拙著『古代日本語の助動詞の研究』中「『む』と『まし』との相違」（一八九〜一九二頁）参照。殊に、『源氏物語』の具体的表現に即した〔や〜まし〕と〔や〜む〕の相違については『源氏物語注釈』三に詳しく、「〔や〜まし〕が、実現の可能性の少ない事柄への願望を託しつつ疑問を投げかける表現形式」「思いを巡らしつつそうしてはどうであろうかと仮想する表現」であるとすれば、〔や〜む〕は「実現の可能性を予測しつつそれに対する疑問を表す」ことを明確にしている。

(23)秋山虔編『王朝語辞典』は、『空蟬』の巻末に光源氏と女の贈答歌、『空蟬の身をかへてける木の下になほ人がらのなつかしきかな』『空蟬の羽におく露の木がくれて忍び忍びにぬるる袖かな』がある。……この趣向は『空蟬』から蟬とその抜けがらを連想する通念を生かしている。一方この『空蟬』に引き出された女の歌は、泣きくらす空蟬のむなしき恋に忍び忍びに泣き濡れるという、自ら男を拒否しながらも、秘かに心のうちには男以上に深く相手に恋しつづけている皮肉な女心をうたう……この巻全体がこの歌の、ことに歌語『空蟬』のかきたてる想像力によってつくられた話といえよう」（今井久代「うつせみ」の項、七四頁）と説く。

(24)「つれなき」空蟬造型については、『源氏物語注釈』二の「空蟬」の巻の注釈に詳しい。「源氏にとって空蟬は『つらき人』（空蟬六）であったが、作者の視点では『つれなき人』と描かれている」のである。すなわち源氏は、「自分を疎外しすげない態度をとる空蟬を、薄情な人だと思い不平と不満の心で一杯なのであるが、それは当事者である源氏の心情であって、作者は単に空蟬を薄情な人間としては描いていない。空蟬の心は千々に乱れてはいるが、そうした心の騒ぎや思いにじっと耐えて、表面はさりげなく、むしろ冷淡かつ平静に振舞っているのである。それが後続の表現にもあらわれており、『つれなき人』と評される所以である」（三六〜六四頁）。「空蟬」の巻における源氏の心中思惟の「あのつらき人のあながちに名をつつむも、さすがにいとほしければ」や、空蝉の弟・小君に対する言葉「あこはらうたけれど、つらきゆかりにこそえ思ひ果つまじけれ」などがそのことを証している。実際には、空蝉自身も「思し懲りにけると思ふも、やがてつれなくてやみ給ひなましかば、憂からまし」と思い、折あるごとに源氏に対して「なつかしき」心配りを見せているのである。

(25) 光源氏が「負く」と思う人物は、何れも源氏の求愛に即座に応じようとしない女性達である。物語中動詞「負く」は二五例、その他「負け方」二例「負けじ魂」三例「勝ち負け」も五例用いられている。そのうち、源氏が動作主となる動詞「負く」は七例（二八%）あり、その対象は女性に限られている（末摘花三例、空蝉二例、明石の君・朝顔の姫君各一例）。空蝉に対して源氏は、「かの空蝉のあさましくつれなきを……いとねたく、負けてやみなんを、心にかからぬ折なし」（夕顔巻）、「心ばせのなだらかにねたげなりしを、負けてやみにしかなと、ものの折ごとには思し出づ」（末摘花巻）のである。しかし、末摘花に対しては「世づかづ心やましう、負けてはやまじの御心さへ添ひて」（末摘花巻）、仲立ちするべく命婦を責めている。また、逢瀬前の明石の君に対しては、「心くらべに負けむこそ人わろけれなど、乱れ恨み給ふさま」（明石巻）なのであり、源氏は世間体を配慮しつつ対処している。

さらに、空蝉と同様「拒む女」の列に連なる朝顔の姫君に対しては、「つれなき御気色のうれたきに、負けてやみなむも口惜しく」思い（朝顔巻）、その一方で「今さらの御あだけも、かつは世のもどきをも思しながら、むなしからむはいよいよ人笑へなるべし。いかにせむ」と、源氏自身逡巡しつつ思いあぐねている。最終的には、男女の関係は成立しないまま拒み通される結果となる。なお、朝顔の姫君を除くこれらの人物は、いずれも「思ひあがる」矜持の念を抱く「中の品」の女性である点で一致している。

※『万葉集』に関する本文の引用は、『日本古典文学大系』（岩波書店）により、『源氏物語』については、『日本古典文学全集』（小学館）によった。他の古典文学作品に関しては、主として『新日本古典文学大系』（岩波書店）を用い、適宜『日本古典文学大系』『日本古典文学全集』『新編日本古典文学全集』（小学館）『群書類聚』等を参照した。また、平安から中世にかけての和歌については『新編国歌大観』（角川書店）並びに『新日本古典文学大系』等を用いた。さらに、『令義解』『令集解』および『日本書紀』をはじめとする六国史や『日本紀略』『扶桑略記』等の歴史的文献は、『新訂増補国史大系』（吉川弘文館）により、『続日本書紀』（併せて『日本書紀』）については適宜『新日本古典文学大系』の他『日本古典文学大系』『新編日本古典文学全集』を参照した。『文選』等の漢籍については『新釈漢文大系』（明治書院）および『漢文大系』（冨山房）『漢詩大観』（井田書房）等により、CD-ROM版『四部叢刊』『文淵閣四庫全書』も活用した。ただし、引用に際しては読解の便を考慮に入れ一部表記を改めた。

【主な引用・参考文献】

※ 本文引用に用いた文献、各章にて引用した注釈書および論文等については省略し、出版年順とする。

・天台宗典刊行会編『叡山大師伝』(『伝教大師全集別巻』一九一二年)
・池田亀鑑『源氏物語大成　巻一』他、中央公論社、一九五三年
・久曽神昇『日本歌学大系　第一巻・別巻一・二』風間書房、一九五七〜一九五九年
・杉原荘介『世界考古学大系2　日本Ⅱ』平凡社、一九六〇年
・小島憲之『上代日本文学と中國文学　上中下』塙書房、一九六二・一九六四・一九六五年
・正宗敦夫編『類聚名義抄』風間書房、一九六二年
・正宗敦夫編『倭名類聚鈔』風間書房、一九六二年
・玉上琢彌『源氏物語評釈　巻一巻』他、角川書店、一九六四年等
・山崎良幸『日本語の文法機能に関する体系的研究』風間書房、一九六五年
・後藤重郎『新古今和歌集の基礎的研究』塙書房、一九六八年
・中西進『万葉集の比較文学的研究』桜楓社、一九六八年
・本居宣長『古事記伝』『源氏物語玉の小櫛』(『本居宣長全集　第四・一一巻』筑摩書房、一九六九年)
・風巻景次郎『風巻景次郎全集』第四巻『源氏物語の成立』桜楓社、一九六九年
・宮島達夫編『古典対照語い表』笠間書房、一九七一年
・高崎正秀『高崎正秀著作集』第六巻『源氏物語論』桜楓社、一九七一年
・天理図書館善本叢書和書之部編集委員会『和名類聚抄　三寶類字抄』八木書店、一九七一年
・片桐洋一監修、ひめまつ会編『平安和歌歌枕地名索引』大学堂書店、一九七二年
・大場磐雄編『神道考古学講座　第二・五巻』他、雄山閣、一九七二年
・山崎良幸『万葉歌人の研究』風間書房、一九七二年
・正宗敦夫『萬葉集總索引』平凡社、一九七四年
・大野晋他編『岩波古語辞典』岩波書店、一九七四年
・山崎良幸『源氏物語の語義の研究』風間書房、一九七八年

・北村季吟著・有川武彦校訂『増註源氏物語湖月抄　全三巻』他、名著普及会、一九七九年等
・藤田加代『「にほふ」と「かをる」』風間書房、一九八〇年
・阿智村誌編集委員会編『阿智村誌　上下巻』一九八四年
・犬飼廉『和歌大辞典』明治書院、一九八六年
・名古屋和歌文学研究会『勅撰集付新葉集作者索引』和泉書院、一九八六年
・山崎良幸『「あはれ」と「もののあはれ」の研究』風間書房、一九八六年
・大野晋『文法と語彙』岩波書店、一九八七年
・島内景二『源氏物語の話型学』ぺりかん社、一九八九年
・本間洋一『凌雲集索引』和泉書院、一九九一年
・黒坂周平『東山道の実証的研究』吉川弘文館、一九九二年
・坪井清足・平野邦雄監修『新版［古代の日本］第七巻中部』角川書店、一九九三年
・大久間喜一郎・乾克己編『上代説話事典』雄山閣、一九九三年
・上田英代・村田征勝他『源氏物語語彙用例総索引』勉誠社、一九九四年
・静岡県編修発行『静岡県史　通史編1　原始・古代』一九九四年
・和田明美『古代日本語の助動詞の研究』風間書房、一九九四年
・名古屋和歌文学研究会『私撰集作者索引・続編』和泉書院、一九九六・二〇〇四年
・和田明美『古代的象徴表現の研究』風間書房、一九九六年
・小町谷照彦『王朝文学の歌ことば表現』若草書房、一九九七年
・日本史広辞典編集委員会『日本史広辞典』山川出版社、一九九七年
・藤田加代『源氏物語の「表現」を読む』風間書房、一九九九年
・山崎良幸・和田明美『源氏物語注釈　一・二』他、風間書房、一九九九・二〇〇〇年等
・角田文衛・加納重文編『源氏物語の地理』思文閣、一九九九年
・鈴木一雄監修『源氏物語の鑑賞と基礎知識　帚木・空蟬』至文堂、一九九九・二〇〇一年
・秋山虔編『王朝語辞典』東京大学出版会、二〇〇〇年
・櫻井満監修『万葉集を知る事典』東京堂出版、二〇〇〇年
・井上辰夫・大岡信他監修『日本文学史蹟大事典【地図編】【地名解説編】』遊子館、二〇〇一年
・林田孝和・原岡文子他編『源氏物語事典』大和書房、二〇〇二年

・古典索引刊行会編『萬葉集索引』塙書房、二〇〇三年
・水島義治『萬葉集防人歌全注釈』笠間書院、二〇〇三年
・後藤重郎『新古今和歌集研究』風間書房、二〇〇四年
・西宮秀紀『律令国家と神祇祭祀制度の研究』塙書房、二〇〇四年
・室伏信助監修『人物で読む源氏物語　第五巻』他、勉誠出版、二〇〇五年等
・仁藤敦史編『歴史研究の最前線5　歴史と文学のあいだ』吉川弘文館、二〇〇六年
・高知言語文化研究所・愛知大学国語学研究会編『日本語の語義と文法』風間書房、二〇〇七年
・浅見徹『万葉集の表現と受容』和泉書院、二〇〇七年
・市澤英利『東山道の峠の祭祀・神坂峠遺跡』新泉社、二〇〇八年
・吉原栄徳『和歌の歌枕・地名大辞典』おうふう、二〇〇八年
・三浦茂久『古代日本の月信仰と再生思想』作品社、二〇〇八年
・荊木美行『風土記研究の諸問題』国書刊行会、二〇〇九年
・水島義治『萬葉集防人歌の研究』笠間書院、二〇〇九年　他

【表紙の写真】土佐光吉「源氏物語色紙帖　空蟬」（京都国立博物館蔵）、光源氏、碁を打つ空蟬と軒端荻の様子を垣間見る
【口絵】「神坂峠出土石製模造品」（阿智村提供）
【第二章の写真】「神坂峠周辺出土品」（はゝき木館蔵他・阿智村提供）

あとがき

各地で『源氏物語』千年紀(二〇〇八年)の企画が具体化されはじめた頃、愛知大学綜合郷土研究所の有薗正一郎所長より研究館入り口ロビー付近で呼び止められた。もの静かに淡々と「世間が千年紀・千年紀と騒いでいる。この地域の古典文学、特に『源氏物語』関係のブックレットの刊行はできないか」との言葉に込められた思いを受け止めてから、二度めの春が訪れた。実際、『源氏物語』に三河・尾張は登場せず、三遠南信(三河・遠州・南信州)地域に関する叙述を思い返しても、唯一長野県下伊那郡の「園原の帚木《ははきぎ》」に因《ちな》んだ空蟬物語のみである。とっさに「この辺りでは園原しかありませんよ」と答え、これまで手がけた『古代的象徴表現の研究』や『源氏物語注釈』等の仕事をベースにしつつ、ブックレットの仕事に取りかかった。

しかし、『源氏物語』以前の古代律令制度のもとで整備・完備された政治と軍事の道「古代東山道」の要衝は、予想以上に険しかった。文字文化の峰々は、古代日本文化への「手向《たむ》け」と峠越えの充分な用意のない者を阻み続けた。「園原」前方には三千メートル級の南アルプスの山々がそびえている。現代に生きるわれわれは、重層する青山や雲海を凌ぎ雪を頂く南アルプスの山容に魅了されるが、ようやくにして急峻な神坂峠を越えた古代日本人の目にはどのように映ったのだろう。前方にそそり立つ北岳や塩見岳・赤石岳・聖岳等の連峰は、東国へと向かう都人らの行く手を阻む障壁のように思われたのではないだろうか。文献資料に見る「古代東山道」の「園原」や

「神《かみ》の御坂《みさか》」（現神坂峠）の記事や叙述に向き合う一方で、折あるごとに私も「園原」へおもむき、地元の方々から「たやすい登山ではない、かつてヤマトタケルも命を落としそうになったのだから」と諭されながらも、神坂峠を目指して「古代東山道」を登って行った。『万葉集』の防人歌をはじめ、西国と東国の文化が行き交う異郷「園原」（歌枕）が担うイメージに思いを馳せながら。しだいに、「あるにもあらず消ゆる帚木」を頂点とする古典の表現の解明とともに、当地を舞台とする作品群の価値を見直す必要があることを痛感するようになった。

　古典文学作品に描かれた「園原」や神坂峠と、現在のさびれた状況とのあいだにギャップを感じ、驚く人も少なくないであろう。しかし、忘れ去られた「古代東山道」の要衝は、古代神話の時代から文字文化確立の時代、さらに和歌文学に支えられた中古・中世までの千数百年間、政治的・地理的条件に裏打ちされた古典文学の揺籃であったことを忘れてはなるまい。政治と軍事の道を行き来した古代日本人は、西国と東国を分断するかのように屹立する山の峠越えを強いられ、恐れつつ峠の神に「幣奉《ぬさまつ》り」、祈りを捧げたのであろう。だが、その一方で、都では想像すらできない自然の景とこの地域の独自性は、新たな文芸創造の可能性を秘めながら、都人の想像力を掻き立てたことも事実である。「園原」や神坂峠にまつわる歌と歌物語の表現史は、まさに「古代東山道」と関わった人々、ないしは幻想的イメージによって創作意欲をそそられた都人らの表現の歴史であり、時代とともに変容を遂げた日本語による表象の証しといえよう。

　かつて、倭建や防人らが越えたとされる「神の御坂（信濃坂）」は、今を遡ること千三百年ほど前の文献資料や文学作品に登場し、かつ他に類例のない峠の祭祀遺跡の出土品を残した。文化財としての指定を受けた神坂峠付近の石製模造品・勾玉や陶器類等々の出土品は、命を賭《と》して標高千五百メートル以上の峠を越えた中世までの、数千年にわたる日本人の祈りの心を現代へと伝えている。貴重なこれらの出土品等の写真を快く提供してくださった、「阿智村役場協働活動推進課」の林茂伸課長と文化財担当の中里信之学芸員、観光協会の方々に衷心よりお礼を申しあげたい。また、京都国立博物館佐々木丞平館長やスタッフの方々にも謝辞を申しあげなければならない。地域貢献事業の一環としての本学綜合郷土研究所ブックレットへの理解を賜り、京都国立博物館蔵「源氏物語色紙帖 空蟬」を、本書の表紙を飾る写真として提供してくださったことに関係者一同感銘を受けた。何よりも、出版社あるむの川角信夫社長と近藤あいさんの細やかなアドバイスがなければ、この小冊子は誕生しなかったであろう。従来、この種の啓蒙的刊行物と関わることのなかった者を導くべく、「古典に描かれた園原へ読者が行きたくなるような本にしましょう」と川角さんは説かれた。その心意気と熱意に敬服しつつ感謝するばかりである。初々しい出会いから三〇年、今回は友人として東京神田神保町より助言とエールを送ってくださった青簡舎の大貫祥子社長、ならびに開館直後の「はゝき木館」との連携や地域文化振興に尽力された「愛知大学三遠南信地域連携センター」の黍島久好主任研究員にも謝意を表して筆を擱きたい。

二〇一〇年三月一日　鳳来寺山麓の「松風苑」にて

和田　明美

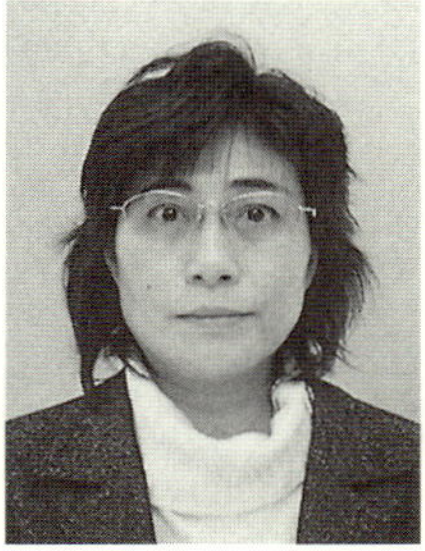

【著者紹介】

和田　明美（わだ　あけみ）

1956年　高知県宿毛市に生まれる
1979年　県立高知女子大学文学部国文学科卒業
1989年　名古屋大学大学院文学研究科博士課程後期中途退学
1995年　博士（文学）取得
現　在　愛知大学文学部教授
単　著＝『古代日本語の助動詞の研究』（風間書房 1994）、『古代的象徴表現の研究』（風間書房 1996）
共　著＝『万葉集の表現の研究』（風間書房1986）、『万葉史を問う』（新典社1999）、『和歌史論集』（和泉書院2000）、『源氏物語注釈』一～六（風間書房1999～2006）、『日本語の語義と文法』（風間書房2007）、『語り継ぐ日本の文化』（青簡舎 2007）他

愛知大学綜合郷土研究所ブックレット ⑲

古代東山道園原と古典文学　万葉人の神坂《みさか》と王朝人の帚木《ははきぎ》

2010年 3 月25日　第 1 刷発行

著者＝和田　明美 ©

編集＝愛知大学綜合郷土研究所
〒441-8522 豊橋市町畑町1-1　Tel. 0532-47-4160

発行＝株式会社 あるむ
〒460-0012 名古屋市中区千代田3-1-12　第三記念橋ビル
Tel. 052-332-0861　Fax. 052-332-0862
http://www.arm-p.co.jp　E-mail: arm@a.email.ne.jp

印刷＝東邦印刷工業所

ISBN978-4-86333-026-9　C0395

刊行のことば

愛知大学は、戦前上海に設立された東亜同文書院大学などをベースにして、一九四六年に「国際人の養成」と「地域文化への貢献」を建学精神にかかげて開学した。その建学精神の一方の趣旨を実践するため、一九五一年に綜合郷土研究所が設立されたのである。

以来、当研究所では歴史・地理・社会・民俗・文学・自然科学などの各分野からこの地域を研究し、同時に東海地方の資史料を収集してきた。その成果は、紀要や研究叢書として発表し、あわせて資料叢書を発行したり講演会やシンポジウムなどを開催して地域文化の発展に寄与する努力をしてきた。今回、こうした事業に加え、所員の従来の研究成果をできる限りやさしい表現で解説するブックレットを発行することにした。

二十一世紀を迎えた現在、各種のマスメディアが急速に発達しつつある。しかし活字を主体とした出版物こそが、ものの本質を熟考し、またそれを社会へ訴える最適な手段であると信じている。当研究所から生まれる一冊一冊のブックレットが、読者の知的冒険心をかきたてる糧になれば幸いである。

愛知大学綜合郷土研究所